역사, 문화, 정체성의 교차로:
북아프리카 프랑스어 문학과 프랑스어

김지현

서강대학교에서 불어불문학과 철학을 공부하고, 같은 학교 대학원 불어불문학과에서 폴 니장의 소설 연구로 석사학위를, 〈아시아 제바르 소설 연구 : 알제리 여성의 다성적 목소리〉로 박사학위를 받았다. 현재 서강대학교 유럽문화학과에서 조교수로 재직하면서 프랑스 및 프랑스어권 문학과 문화를 가르치고 있다. 북아프리카 프랑스어 소설, 탈식민주의 페미니즘, 북아프리카 출신 프랑스 이민 세대 작가들과 관련한 논문을 발표하였으며, 아시아 제바르의 대표적인 소설인 『사랑, 기마행진』과 츠베탕 토도로프의 정치 에세이, 『민주주의 내부의 적』을 번역하였다.

서강학술총서
145

역사, 문화, 정체성의 교차로:

북아프리카 프랑스어 문학과 프랑스어

김지현 지음

서강대학교출판부

서강학술총서 145

역사, 문화, 정체성의 교차로:
북아프리카 프랑스어 문학과 프랑스어

초판 1쇄 발행 | 2024년 1월 24일

지 은 이 | 김지현
발 행 인 | 심종혁
편 집 인 | 하상응
발 행 처 | 서강대학교출판부
등록 번호 | 제2002-000170호

주 소 | 서울특별시 마포구 백범로 35(신수동)
전 화 | (02) 705-8212
팩 스 | (02) 705-8612

ⓒ 김지현, 2024 Printed in Korea
ISBN 978-89-7273-393-5 94860
ISBN 978-89-7273-139-9 (세트)

값 20,000원

* '서강학술총서'는 SK SUPEX 기금의 후원으로 제작됩니다.

프랑스어가 우리를 지배한다.
그것이 바로 네가 프랑스어를
지배해야 할 이유이다.
−카텝 야신

나에게 프랑스어는 계모의 언어다.
나를 길에 버려두고 달아난,
사라진 나의 모국어는 어떤 존재인가?
−아시아 제바르

들어가며

역사, 정치, 문화적 배경으로 인해 프랑스 바깥에서 프랑스어를 사용하게 된 지역에서 형성된 프랑스어 문학은 프랑스 문학장의 외연을 확장했다. 국내 학계에서도 비(非) 프랑스 지역의 프랑스어 문학을 통칭하는 '프랑스어권 문학(la littérature francophone)' 연구가 활발히 진행 중이며, 대표적으로 퀘벡과 북아프리카 지역의 프랑스어권 문학 연구를 들 수 있을 것이다. 작품에 나타난 인종, 언어, 문화, 정체성의 상호작용 및 혼종성은 문학 텍스트의 다양성 이해에 중요한 시각을 제공하고, 무엇보다 프랑스어에 대한 한정된 이미지에서 탈피하여 프랑스어와 작가들의 다각적 관계를 제시한다.

특히 프랑스의 식민지배나 보호령 시기에 태어나 교육받은 북아프리카 출신 작가들에게 프랑스어는 식민체제의 유산이었다. 그중에서도 알제리 전쟁이라는 격렬한 갈등과 저항을 끝으로 130년 이상의 식민지배를 마감한 알제리에서 프랑스어는 프랑스의 문화 동화정책의 핵심적인 수단이었다. 아랍 문어, 다양한 방언의 아랍 구어, 베르베르어가 공존하는 알제리 사회에서 작가들은 창작 언어 선택 문제에 직면할 수밖에 없었다. 프랑스의 보호령이었던 모로코와 튀니지에서도 다언어, 다문화적인 상황이 특징적이다. 그렇지만 식민 지배기에 프랑스 학교 교육을 받았고 작품 활동을 시작한 북아프리카 작가들 대다수에게, 프랑스어는 사실상 선택이 아닌 필연적인 창작 수단이었다. 물론 창작 언어 선택의 문제는 북아프리카 작가들에게만 한정된 것이 아니라, 프랑스어권 작가들의 보편적 경험일 것이다. 그러므로 북아프리카 작가들의 특수한 상황을 이해하기 위해서는 식민지배 및 독립 이후에 프랑스어와 다른 언어들 사이의 긴장과 갈등, 선택과 타협 양상을 고려해야 한다. 그리하여 프랑스어가 모국어인 작가들과는 달리, 북아프리카 프랑스어 작가들의 프랑스어 인식 문제, 타언어와의 관계는 창작의 출발점이자 작품의 핵심주제로 드러난다. 이러한 맥락에서 본 연구는 대표적인 북아프리카 프랑스어 작가의 작품에 나타난 다언어 현상과 프랑스어와 타언어가 갖는 관계를 탐구하고자 한다. 이 지역의 근대문학이 프랑스의 식민체제기에 형성되었다는 사실을 고려한다면, 창작 언어로서의 프랑스어의 선택과 활용, 타언어와의 복잡한 관계, 문학 텍스트에 드러난 언어 문제 등은 이 지역의 사회, 문화, 역사의 특징과 함께 논의되어야 할 것이다.

국내 학계에서도 북아프리카 프랑스어 문학 작품이 번역 소개되고 연구 역시 활발히 이루어지고 있지만, 본격적인 단행본 연구서는 아직

나오지 못한 실정이다. 그런 점에서 본 저서는 작가에 대한 개론적 소개에 그치지 않고, '프랑스어'라는 쟁점을 중심으로 시론적이나마 북아프리카 프랑스어 문학에 대한 체계적인 접근을 시도하고자 한다. 특히 저서 전반부에 논의하는 이론은 다른 프랑스어권 문학 작품 이해를 위한 비교문학적 시각을 제공할 수 있을 뿐만 아니라, 현재 프랑스 문학계에서 주목 받고 있는 북아프리카 출신 작가들 작품 이해에도 유용하다. 또한 본 저서를 구상하면서 가장 중요하게 생각한 부분 중 하나는 연구의 내용을 프랑스어권 문학 및 문화 수업에서 교육 자료로 적극 활용할 방안이었다. 저서의 논의는 좁게는 북아프리카 프랑스 문학 수업에서 개별 작가의 이해를 높이거나, '프랑스어권 문학의 프랑스어 이해와 특성'과 같이 확장된 방식으로 활용될 수도 있을 것이다. 또한 연구의 내용은 문학 분과 이외에 북아프리카와 관련한 역사학, 인류학, 사회언어학, 지역학, 문화 연구, 여성주의 이론 영역에서도 보조적 교육 자료로 연계 활용될 수 있을 것이다.

저서는 1부의 이론적 접근과 2부와 3부의 문학 텍스트 분석으로 구성된다. 1부에서는 리즈 고뱅, 자크 데리다, 압델케비르 카티비, 카텝 야신의 언어관을 분석한다. 2부와 3부에서는 역사, 문화, 사회적 조건의 변화와 같은 문학 텍스트 형성의 외적 조건과 이것이 텍스트의 서술자, 인물, 형식과 같은 내적 특징과 맺는 관계에 주목하여 작품을 상세히 분석할 것이다. 특히 2부는 자전적 글쓰기의 일반적 특성과 더불어 20세기 중후반에 중요한 장르 경향으로 등장한 프랑스 문학의 자전적 글쓰기의 특징을 함께 고려할 것이다. 또한 앞서 북아프리카 프랑스어 문학의 특징을 언급한 바와 같이, 작품의 심층적 이해를 위해 동시대 북아프리카 프랑스어 문학, 사회언어학, 역사학, 문학사회학, 여성주의 이론, 지역연구 등 여러 분야의 저서를 적극적으로 활용하는 학제적인 연구 관점을 견지한다.

본문의 내용을 좀 더 자세하게 언급하자면 다음과 같다.

1부는 프랑스어권 작가들의 언어 인식을 이해하기 위한 이론적 접근을 시도한다. 프랑스어가 모국어인 프랑스의 작가들과 달리, 다언어, 다문화 상황에 있는 프랑스어권 작가들은 창작 언어 선택의 문제에 직면한다. 이는 작가의 언어 인식을 형성할 뿐만 아니라, 작품의 중심 주제로 등장하거나 더 나아가 작품 속에 언어에 대한 메타 담론이 빈번하게 등장하는 방식으로 구체화된다. 1장은 리즈 고뱅의 논의를 중심으로 프랑스어권 작가들의 언어 인식의 일반적인 특징 논의로 시작한다. 고뱅에 따르면, 프랑스어권 작가들에게 창작 언어 선택은 작가들의 문학적 특질을 결정하는 핵심적인 요소이다. 다시 말해, "언어를 사유하도록 선고를 받은" 작가들에게 글쓰기란, 다언어상황에서 언어들의 다양한 관계 양상을 재현하는 "언어행위(acte de langage)"이며, 이 점이 문학적 행위와 직결된다. 그렇지만 북아프리카는 프랑스 식민체제로 인한 프랑스어의 이식과 교육이 적극적으로 이루어졌고, 이로 인해 토착언어들과 충돌, 타협, 긴장 등 다각적인 관계를 드러낸다는 점에서 다른 프랑스어권과는 상이한 특징을 지닌다. 이러한 맥락에서 1장의 마지막 부분에서는 알제리 근대 문학 형성에 핵심적인 역할을 한 카텝 야신을 중심으로 식민기 프랑스어를 둘러싼 근대성, 모국어와의 관계 등을 검토한다. 2장은 자크 데리다의 『타자의 단일언어주의』(1996)에 나타난 데리다의 프랑스어 인식을 논의한다. 데리다의 혼종적인 언어 인식을 이해하기 위해 먼저 '마그레브 프랑스인'의 정체성을 검토할 필요가 있다. 데리다는 "마그레브인이 아닌 프랑스 출생의 프랑스인", "프랑스인이나 마그레브인이 아닌 프랑스어권 사람", "마그레브인이지만 단 한 번도 프랑스인이었던 적은 없는(시민권을 획득하지 않은) 사람", 이 세 부류 어디에도 속하지 않았다. 그렇기 때문에 언어, 문화, 인종적으로 알제리에서 소수 집단에 속한 데리다에게 프랑스어는 유일한 표현 언어이지만, 단 한 번도 온전히 자연스러운 모국어로 인식되지 못했던 이질적인 언어였던 것이다. 우리는 "나에겐 단 하나의 언어가 있다, 그것은 내 것이 아니다"란 언명으로 대표되는 데리다의 언어 인식을 '수행적 모순(performative contradiction)'이라는 개념을 중심으로 검토한다. 이는 프랑스 바깥에서 프랑스어를 표현 언어로 사용하는 작가들의 언어 인식의 이해를 넘어서, 궁극적으로는 모국어를 온전히 소유하는 것의 불가능성, 즉 언어에 본질적으로 내재한 타자성을 고찰한다는 점에서 의의가 있을 것이다. 데리다가 『타자의 단일언어주의』에서 모로코 문학가이자 사회학자인 압델케비르 카티비의 언어에 대한 관점을 적극적으로 논의한 것에서 볼 수 있듯이, 카티비는 데리다의 로고스중심주의와 에스노

중심주의를 이중비판하는 해체 철학의 관점을 공유한다. 3장에서는 카티비의 데리다 논의를 경유하여 카티비의 언어관을 논의한다. 카티비는 『복수의 마그레브』에서 오리엔탈리즘, 섹슈얼리티, 이중 언어, 문학에 대한 관점을 개진하면서, 마그레브 사상가와 작가들의 언어적, 문화적, 정치적 특징을 논의한다. 이는 프랑스와 마그레브, 프랑스어와 아랍어, 문어와 구어라는 이분법적 틀에서 벗어나 마그레브에서 프랑스어가 갖는 의미를 고찰한다는 이점을 갖는다. 『두 언어로 된 사랑』은 서술자 남성과 프랑스 여자의 만남을 아랍어와 프랑스어의 만남의 알레고리로 서술하면서 이와 같은 만남이 창출하는 시적 언어를 서술하는 독창적인 작품이다.

2부는 먼저 북아프리카 국민국가 성립과 근대문학 형성의 관계를 논의하면서 자전적 글쓰기가 이 지역의 문학을 이해하기 위한 중요한 특징임을 언급한다. 북아프리카 종교, 가족 제도와 식민지배로 인한 변화된 정치 현실은 이 지역 작가들의 소설 창작의 핵심적인 동기였고, 작가들은 소설에서 식민체제가 야기한 사회적 변화의 여러 양상, 알제리 전쟁을 묘사하고 증언한다. 자전적 글쓰기는 서사적 진실성을 토대로 개인의 경험과 역사적 기억을 표현하는 중요한 표현 방식일 것이다. 1장은 튀니지 유대인 문학가이자 사상가인 알베르 멤미의 자전적 소설인 『소금 기둥』(1953)을 분석한다. 자전적 서술자인 '모르데카이 알렉상드르 베닐루슈'의 이름은 정체성을 이루는 1차적인 표지이다. 프랑스인도 튀니지인도 아닌 자전적 서술자는 식민지 보호령 하의 튀니지 유대인으로서 두 문화 사이의 갈등을 겪는다. 베르베르-아랍계를 의미하는 '베닐루슈'란 이름이 보여주듯이 그의 정체성에는 베르베르의 문화와 역사 역시 개입되어 있다. 특히 튀니지 프랑스인들의 가톨릭 문화와 아랍인들의 이슬람 문화 모두에 이질적인 유대인 서술자는 프랑스어와 아랍어에 대해서도 각각 이중적인 감정을 갖는다. 예컨대 그는 유대인 게토 프랑스 방언과 학교 프랑스어 사이에 놓여 있는 존재이고, 아랍어를 이해하고 말할 수는 있으나 완벽하게 구사하지 못하며, 그에게 아랍어는 영원한 외국어이다. 2장은 1부에서 언급한 바 있는 카티비의 자전적 소설인 『문신 새긴 기억』(1971)을 분석한다. 카티비에게 언어는 몸의 기억과 직결된다. 소설에서 상세히 서술되는 몸의 상처는 이슬람 전통이 자전적 서술자에게 끼친 영향을 단적으로 보여주고 있다. 이에 대한 분석에 이어서 서술자가 프랑스 학교 교육에서 경험한 교육 시스템과 근대적 가치가 자신의 문화적 전통과 충돌하는 양상, 프랑스어로 인한 모국어의 소외와 이를 겪은 후 프랑스어를 자신의 것으로 재정립하는 과정을 논의한다.

3부는 알제리 프랑스어 문학을 대표하는 여성 작가인 아시아 제바르의 작품을 집중적으로 논의한다. 제바르 작품에 드러난 프랑스어에 대한 인식은, 이슬람 문화가 지배하는 알제리에서 여성의 사회적 지위를 고려했을 때 동시대 남성작가들의 프랑스어 인식과 차별되는 중요한 쟁점을 제시한다. '타자의 언어', 그러나 유일한 창작 언어인 프랑스어는 역사, 문화, 언어적으로 알제리와 프랑스 사이에 놓여 있던 제바르의 정체성 형성에 결정적인 영향을 미쳤다. 그리고 제바르는 알제리 여성의 목소리를 프랑스어로 옮길 때 다양한 여성 고유의 목소리를 왜곡할 가능성을 의식했고, 단상적 형식, 복수(複數)의 서술자를 활용하는 기법과 자서전, 역사서술, 구술 증언, 산문시 등 여러 가지 장르의 담화 활용을 통해 계층과 경험이 이질적인 여성들의 모국어를 표현하고자 했다. 이 과정에서 다문화, 다언어 사회 알제리에서 벌어지는 언어들의 긴장, 갈등, 융합의 양상이 역동적으로 드러난다. 먼저 1장에서는 제바르의 『사랑, 기마행진』, 『감옥은 넓은데』 등에 나타난 모국어의 특징을 분석한다. 제바르에게 모국어는 글쓰기의 원천일 뿐만 아니라, 프랑스어로는 표현 불가능한 정감과 사랑의 표현 언어라는 점에서 여성들에게 특히 중요한 의미를 갖는다. 또한 '공적 영역의 활동과 발언이 배제되었던 알제리 여성들에게 아랍 구어와 베르베르를 중심으로 한 문화적 유산의 전수는 중요한 역할을 했다.

2장은 프랑스어가 피식민인 남성의 경우와는 다른 방식으로 여성에게 끼친 영향을 중점적으로 논의한다. 『사랑, 기마행진』의 첫 구절인 "아버지의 손을 잡고 프랑스 학교에 가는 아랍 소녀"는 여성과 프랑스 학교, 프랑스어의 관계를 상징적으로 제시하고 있다. 여성 교육률이 현저히 낮았던 상황에서 프랑스어 교육은 식민지 여성에게 여성차별적인 이슬람 문화의 한계를 극복할 수 있는 기회를 제공했다. 『사랑, 기마행진』, 『술탄의 그림자』를 중심으로 근대적 가치 유입이 식민지 여성에게 미친 영향을 여성의 몸과 표현의 자유, 사회적, 가족 관계 변화에 초점을 맞추어 분석한다. 그렇지만 아버지란 존재는 이슬람의 문화적 가치와 전통을 전수하는 검열자인 동시에 프랑스어를 선물한 해방자라는 이중적 특징을 지닌다. 이점은 제바르의 자전적 글쓰기를 추동하는 가장 중요한 특징을 이루며 마지막 부분에서 작가의 마지막 작품인 자전적 소설, 『아버지의 집 어디에도』를 분석한다. 3장은 1990년대 정치 상황이 야기한 프랑스어의 변화된 입지와 직결된 문제를 다루는 후기 소설을 중점적으로 논의한다. 독립 이후 알제리인과 프랑스인의 갈등과 "언어들의 전쟁"으로 표방되는 90년대 알제리의 사회적 상황은 이 시기 제바르의 창작 활동의 근본적인 고민이었고, 이 문제가 소설과 에세이에 전면적으로 등장한다. 독립 이후 표준 아랍어가 국가 언어로 제정되면서 프랑스어는 공교육에서 점차 배제되고, 일련의 '아랍화(arabisation)' 정책은 알제리 사회의 다언어, 다문화를 억압하면서 정치, 사회적 통제를 더욱 강화했다. 더욱이 1990년대 초는 프랑스어를 사용하는 비판적 지식인과 작가들이 암살되는 극단적인 사회 갈등의 시기였다. 중단편 모음집 『오랑, 죽은 언어』는 이러한 사회적 상황을 담고 있으며, 소설 『프랑스어의 실종』은 90년대 프랑스어의 입지를 상징적으로 제시하는 작품이다. 이 작품에서 오랜 프랑스 생활을 접고 고국 알제리로 돌아온 주인공 베르칸의 실종은 제바르가 90년대 이후 자신의 작품활동을 '망명의 글쓰기'로 명명한 정황과 만난다. 그렇지만 이 소설은 알제리 현대 사회의 비극의 확인으로 끝나지 않고, 여성 인물의 행보를 통해 이슬람 근본주의의 폐단을 직시하고, 세계시민주의적 보편성을 고민할 기회를 제안한다. 베르칸과 유사하게 오랫동안 알제리를 떠나 있던 망명객인 오랑 출신의 나지아는 잠깐 동안의 알제리 체류를 마치고 유랑 끝에 이탈리아 파도바로 떠난다. 나지아는 알제리도 프랑스도 아닌 그곳에서 에라스무스의 저서를 탐독하며 르네상스의 가치를 재확인하고, 베르칸에게 에라스무스의 저서 일부를 프랑스어로 보낸다. 이를 통해 제바르가 프랑스어를 알제리 현대 사회의 원리주의 폐단을 넘어서 보편적 가치를 구현하는 매개로 이해하고 있음을 논증한다.

이 연구는 서강대학교 출판부의 학술총서 저술 공모에 선정된 덕분에 수행할 수 있었다. 박사학위 논문을 마친 이후, 연구 주제를 확장하여 새로운 방향을 고민하던 시기에 출판부에서 주신 기회는 연구의 값진 동력이 되었다. 서강대 출판부 선생님들, 초고의 미진한 점에 대해 세심한 조언을 해주신 평가위원 선생님들께 이 지면을 빌어서 감사의 말씀을 드린다.

항상 내 건강을 염려하시는 양가 부모님의 보살핌이 없었더라면, 이 작업을 마무리하지 못했을 것이다. 무엇보다 남편 김형찬의 지지와 도움, 아들 김정민의 인내심에 고마움과 미안함을 전한다. 엄마는 독서실을 좋아한다는 아이의 '오해 아닌 오해'가 언젠가는 풀리기를 바란다.

아울러 이미 출판된 학술논문을 본 저서에서 활용한 부분은 해당 장의 시작 부분 각주에 상세 서지를 언급하였다.

목 차

1부
프랑스어권 작가들의 언어 인식

1장
다언어 사회의 프랑스어

1. 프랑스어권 작가들의 "과잉 언어 인식"

주지하다시피 문학가에게 언어란 창작의 도구이면서도 제약 조건이다. 작가들은 시대와 문화의 산물인 당대 언어의 영향에서 자유로울 수 없고 이러한 언어의 변화를 의식적, 무의식적으로 인식한다. 특히 자연스럽게 모국어로 문학 작품을 창작하는 작가들과는 달리, 이중언어 혹은 다언어 사용이 일반화된 사회에 사는 작가들은 창작에 앞서 어떤 언어로 글을 쓸 것인가 하는 선택의 문제에 직면한다. 영어권 다언어 사회에 속한 작가들의 경우와 유사하게, 프랑스 바깥에서 프랑스어로 작품 활동을 하는 이른바 '프랑스어권¹ 작가들' 역시 이러한 상황

---

1 '프랑스어권(francophonie)', '프랑스어권의(francophone)'란 용어는 1886년 오네짐 르클뤼가 *France, Algérie et colonies*에서 쓰기 시작한 신조어이다. 그는 유럽

에 놓인다. 이들은 자신이 속한 사회의 정치, 문화적 상황에 따라 프랑스어의 지위가 끊임없이 변모하는 가운데, 문학 언어의 선택이 갖는 함의를 의식할 수밖에 없다. 리즈 고뱅은 프랑스어권 작가들이 글쓰기 언어로 프랑스어를 선택할 수밖에 없었던 사회적 제약과, 프랑스어가 작가의 문학관에 미친 영향에 주목했다. 고뱅은 『언어 제작소』에서 16세기 작가 프랑수아 라블레에서 20세기 작가 레몽 크노와 나탈리 사로트에 이르기까지, 당대 작가 개인의 언어와 사회적 규약의 긴장 관계에 놓인 프랑스 작가들의 문학 언어의 특징을 논의한다.[2] 예를 들면 고뱅은 17세기 고전주의 시대에는 언어의 '올바른 어법(bon usage)'이 창작의 직접적인 제약으로 작동했고, 20세기 초반 누보 로망의 언어는 기존 문학 언어의 관행을 전면적으로 타파하는 언어 실험을 시도했다는 점을 강조한다.[3] 특히 고뱅은 작품에서 작가의 언어 인식이 드러나는 부분에 주목한다. 이것은 작품의 서문이나 후기, 제사(題詞)와 같은 곁텍스트(paratexte)나 서간문, 선언문에 등장하는 언어에 대한 담론처럼 직접적으로 제시되거나, 작품 내에서 암시적으로 드러날 수도 있다.

리즈 고뱅은 프랑스어권 문학 영역에서, 다른 언어와의 관계를 고려한 프랑스어에 대한 인식이 필연적이라고 언급하고, 이와 같은 언어

의 식민지 영토 분할이 활발하던 시기에 영어나 다른 유럽어가 아닌 프랑스어 화자를 파악하기 위해서 이 용어를 사용했다. Onéisme Reclus, *France*, *Algérie et colonies*, Hachette Livre BNF, 2012.

2 Lise Gauvin, *La fabrique de la langue: de François Rabelais à Réjean Ducharme*, Seuil, 2004.

3 Lise Gauvin, *La fabrique de la langue*, 1장과 5장의 주요 논지.

적 관심을 "과잉 언어 인식(surconscience linguistique)"이라는 개념으로 설명한다. 다언어 상황이 야기하는 언어들 간의 복합적인 관계, 예컨 대 경쟁, 갈등, 타협 등은 작가들에게 "언어를 사유하도록 선고를 내린 다."[4] 그러므로 다언어 상황에서 언어들의 다양한 관계 양상을 재현하 는 "언어행위(acte de langage)"가 문학적 행위와 직결되고, 궁극적으로 창작 언어 선택에 대한 고찰은 문학의 속성에 대한 문제제기로 이어진 다. 고뱅은 프랑스어권 작가들의 언어 인식을 중점적으로 다룬 저서인 『언어의 교차로에 있는 프랑스어권 작가』에서 "과잉 언어 인식"을 설명 한다.

> 과잉인식, 이것은 다시 말해 특권적인 성찰의 장소이자 열려 있
> 으면서도 제한된 상상의 지대인 언어에 대한 인식이다. 그리하여
> 글쓰기는 진정한 "언어 행위"가 된다. 어떤 글쓰기 언어를 선택하
> 는가의 문제는 글쓰기의 기법보다 더 중요한 문학적 "과정"을 드러
> 내기 때문이다. 이것은 구술성이 단순히 쓰기에 통합되거나 사회
> 적 언어를 다소간 모방하는 표현을 넘어서서, 문학의 위상, 문학
> 적 코드의 통합과 정의, 결국은 문학적인 것의 기능과 본질에 대
> 한 고찰을 드러낸다.[5]

고뱅이 이 저서에서 들뢰즈(Deleuze)와 가타리(Guattari)의 '소수 문 학(la littérature mineure)'을 논의한 것도 이러한 맥락에서이다. 들뢰

---

4   Lise Gauvin, *L'écrivain francophone à la croisée des langues*, Karthala, 1997, p. 8.
5   Lise Gauvin, *L'écrivain francophone à la croisée des langues*, p. 7.

즈와 가타리는 독일어로 글을 쓰는 프라하의 유대인 작가인 카프카(Kafka)의 문학적 특징을 논의하기 위해 '소수문학'이라는 개념을 제안한다. "주류 언어로 쓰인 비주류 문학"을 일컫는 소수문학은 탈영토화(déterritorialisation)의 중요한 장(場)이 될 수 있고,[6] 창작 언어 선택에서부터 문학 활동의 본질적 특징인 언어활동(langagement)의 문제를 제기한다.

그렇기 때문에 프랑스어권 작가들의 작품에서 모국어에 대한 인식, 문학 언어인 프랑스어에 대한 견해, 모국어와 프랑스어의 관계 등과 같이 언어에 대한 메타담론이 빈번하게 등장하는 것은 매우 자연스러운 일이다. 예컨대 스위스 시인인 샤를 페르디낭 라뮈(Charles-Ferdinand Ramuz)는 글을 쓸 때, 자신이 '프랑스인이 아닌 프랑스인'이라는 점을 인식하고 프랑스어에 대해 낯선 감정을 느낀다. 그리고 '좋은 프랑스어'와 '오류가 많은 프랑스어'라는 이분법을 인식하는 가운데 모국어를 가치 절하하는 시선의 영향을 받는다. 대표적인 앤틸리스 작가인 파트릭 샤무아조(Patrick Chamoiseau)는 리즈 고뱅과의 인터뷰에서, 일반적으로 앤틸리스 작가들이 처음으로 프랑스어로 글을 쓸 때에 자신의 프랑스어가 '크레올화(créoliser)'되는 것을 경계하고 보편적 언어로서 프랑스어 구사에 집중한다는 점을 고백한다.[7] 이 점은 프랑스어 글쓰기가 모국어에 대한 모종의 콤플렉스와 결부되어 이해할 수 있고, 프랑스어권 작

---

6 Lise Gauvin, *La fabrique de la langue*, pp. 85–89.

7 Lise Gauvin, *L'écrivain francophone à la croisée des langues*, pp. 16–17.

가들이 프랑스어를 구사할 때 무의식적으로 프랑스어 규범에 과도하게 부합하려는 이른바 '과잉 교정(hypercorrection)' 현상을 야기할 수도 있다.[8] 고뱅이 1937년에 활동했던 '일요일 그룹(Groupe du Lundi)'을 중심으로 벨기에 프랑스어권 문학에 나타나는 '언어적 불안정성'을 논의한 것처럼, 프랑스어권 작가들은 신고전주의적 글쓰기나 정전(canon)에 따르는 프랑스어의 표준적인 어법을 추구하는 경우를 볼 수 있다.[9]

그러나 다른 한편으로 프랑스어권 작가들은 언어적 위계질서에서 벗어나려는 시도를 한다. 예를 들어 라뮈는 자신에게 익숙한 농민의 언어에 영감을 받아 구어체 프랑스어를 구사함으로써 고유의 문학 언어를 창조한다.[10] 모국어 구어의 특성을 살리는 방식은, 문자 언어 전통이 빈약하고 다양한 구어 공동체가 언어적 역동성을 만드는 아프리카 출신의 프랑스어권 작가들에게서도 볼 수 있다. 서아프리카 구비 문학을 서구의 문학 형식과 접목한 세네갈 작가, 비라고 디오프(Birago Diop)가 대표적인 예가 될 것이다. 디오프는 『아마두 쿰바의 이야기들』[11]과 『아

---

8   해당 사회의 규범에 상응하는 화자의 행위는 '언어적 안정성'을 지킨 '긍정적인 태도'이고, 그 반대의 경우는 언어적 안정성을 해치기 때문에 타인의 사회적 평가가 낮아질 수 있다. 이때 화자의 실제 발화와 자신의 발화에 대한 평가는 불일치할 수 있다. (과대 평가 혹은 과소 평가) 언어 규범을 지키려는 의식이 강한 경우 규범이 자연스럽게 내재된 사람들보다 과하게 부자연스러운 발화를 할 경우를 '과잉 교정'(hypercorrection)이라고 한다. Louis-Jean Calvet, *La sociolinguistique*, PUF, 1998, chap. Ⅲ.

9   Lise Gauvin, *La fabrique de la langue*, pp. 262-263.

10   Lise Gauvin, *La fabrique de la langue*, p. 262.

11   Birago Diop, *Les nouveaux contes d'Amadou Koumba* (1947), *Présence africaine*, 1961.

마두 쿰바의 새로운 이야기들』[12]에서 청중의 반응에 따라 민담을 연행하는 아프리카의 전통적인 구송 시인인 그리오(griot)를 내세워 월로프족 민담을 프랑스어로 표현하는 일종의 '번역'을 수행한다. 디오프 작품의 서문을 집필한 상고르(Léopold Sédar Senghor)가 적확하게 평가했듯이, 디오프가 고안한 이야기꾼은 "프랑스어의 섬세함과 월로프어의 엄격한 간결성을 결합하고, 자신의 고유한 철학과 상상력, 리듬을 보태 아프리카 흑인 이야기에 생명을 불어넣는다." 또한 장 베르나베, 파트릭 샤무아조, 라파엘 콩피앙이 『크레올리테 예찬』[13]에서 토착어와 프랑스어의 복합적 수용을 통한 새로운 크레올어를 추구한 것 역시 '토착적 프랑스어'의 창조라고 평가할 수 있을 것이다.

이처럼 프랑스어권 작가들에게서 공통적으로 모국어와 프랑스어의 관계에 대한 인식과 이를 작품에 구현하는 언어적 실험이 빈번하게 등장한다. 물론 이들의 언어 인식의 공통점을 지나치게 일반화하여 작품의 고유성을 간과하는 것은 위험할 것이다. 그렇지만 다언어 상황에서 주어지거나 선택한 프랑스어가 문학관에 영향을 미치고, 이것이 작품 속에서 다양한 양상으로 드러난다는 점은 프랑스어권 작가들을 이해하는 핵심임이 분명하다.

---

12 Birago Diop, *Les nouveaux contes d'Amadou Koumba,* préface de Léopold Sédar Senghor, Présence Africaine, 1958.

13 Jean Bernabé, Patrick Chamoiseau, Raphaël Confiant, *Eloge de la créolité,* Gallimard, 1993.

2. 식민체제와 프랑스어: 사회언어학적 접근

프랑스어권 문학에 속하는 작품과 작가는 지역에 따라 다양하게 분류될 수 있다. 유럽 프랑스어권 문학에 속하는 벨기에(Maurice Maeterlinck, Marcel Thiry, Marie Gevers)와 스위스(Blaise Cendras, Charles-Ferdinard Ramuz) 작가들, 과거 이주 역사 때문에 지정학적으로 소수 문학에 속하는 퀘벡(Gaston Miron, Anne Hébert, Michel Tremblay), 아카디아(Antoine Maillet, France Daigle), 온타리아(Coopérative des Artistes du Nouvel-Ontario-CANO) 지역 문학, 이집트와 중동에서 프랑스어로 쓴 작품을 들 수 있다. 이때 사뮈엘 베케트(Samuel Beckett)나 에밀 시오랑 (Emile Ciron), 낸시 휴스턴(Nancy Huston), 밀란 쿤데라(Milan Kundera) 처럼 개인적인 이유로 프랑스어를 선택한 작가들은, 앞서 언급한 경우와 같이 소속 집단의 성격 때문에 프랑스어로 글을 쓰게 된 작가들의 경우와는 맥락이 다르기 때문에 '프랑스어권 작가'로 명명되지 않는 것이 일반적이다. 다시 말해 비(非) 프랑스 지역 출신이라고 해도 프랑스 문학장의 승인을 받아 프랑스 작가로 규정된 서구권 작가들의 경우 굳이 '프랑스어권 문학' 영역으로 분류하지 않는다. 더 나아가 '프랑스어권 문학'은 소위 본토 프랑스 문학과는 구별되어 '비서구 제3세계' 출신 작가들을 강조하는 라벨로 통용되는 경우가 빈번하다.[14]

---

14   Dominique Combe, *Les littératures francophones, questions, débats, polémiques*, PUF, 2010, p. 33.

주지하다시피 프랑스어권에서 프랑스어를 쓰게 된 역사적, 문화적 동기는 동일하지 않다. 특히 마그레브, 카리브해, 레위니옹은 프랑스 제국주의 식민지배로 인해 프랑스어를 쓰게 되었고, 이 지역의 프랑스어권 문학은 식민지를 경험하지 않은 지역의 프랑스어와 정치적 성격이 다를 수밖에 없다. 루이 장 칼베의 지적처럼 자신의 언어, 문화 정체성을 보존하려는 퀘벡 사람과, 국민 대부분이 이해하기 어려운 프랑스어로 법률을 제정하는 말리 장관 사이에 언어 사용의 동기는 다르다. 마찬가지로 스위스 베른 주의 독일어 사용 영향력에서 벗어나려는 '자유 쥐라'(Jura libre) 운동가와 프랑스어를 모르는 농민에게 프랑스어로 판결을 내리는 아프리카 식민지 재판관이 각각 프랑스어를 사용하는 목적은 다르다.[15] 다시 말해, '프랑스어권', '프랑코포니'란 용어는 프랑스어 종주국인 프랑스를 포함하여 프랑스의 해외 영토(La France d'outre-mer), 그리고 과거 식민지 국가와 이민자 집단으로 이루어진 프랑스 바깥의 공동체를 모두 아우르는 기술적인 개념이지만, 실제로 프랑스어가 공식어로 쓰이는가, 교육어 혹은 행정 언어로 쓰이는가, 문화어로 쓰이는가에 따라서 프랑코포니의 함의는 달라진다. 언어가 언어 행위를 둘러싼 제반 요인의 영향에서 자유로울 수 없는 '사회적 사실'이라면,[16] 사

---

15 Louis-Jean Calvet, *Linguistique et colonialisme: petite traite glottophagie*, Payot, 2002, Introduction.

16 앙투안 메이예(Antoine Meillet)는 뒤르켕의 사회학을 자신의 언어 연구에 적극적으로 차용하면서, 『일반언어학 강의』에서 소쉬르가 언어적 변화와 그 변화와 관련되는 외부적 조건을 분리하면서 언어를 추상화했다고 비판한다. 그는 라보프(Labov)와 유사한 어조로 언어가 사회적 사실이라면 언어학 역시 일종

회언어학적 관점[17]에서 다음과 같은 질문을 던져볼 수 있을 것이다. 왜 특정 언어가 집단 내에서 매개 언어(langue véhiculaire)로 선택되는가. 표기상으로는 동일한 문자언어를 발음하고 사용하는 방법과 맥락에 따라서 그 의미는 어떻게 달라지는가. 다언어 현상의 원인과 특성을 어떻게 설명할 수 있는가. 언어 공동체 내에서 암묵적으로 강제되는 언어 '규범', '정상 언어'는 어떻게 결정되고, 또 어떤 방식으로 작동하는가. 이러한 여러 층위의 질문들은 언어 현상과 연관된 정치, 사회학적 고찰을 필요로 한다.

모리스 우이(Maurice Houis)는 프랑스어권 국가들의 다양한 상황을 1) 프랑스어가 아주 지배적으로 쓰이는 경우(프랑스), 2) 프랑스어가 법적인 의미에서 여러 공용어들 중 하나인 경우(캐나다, 스위스, 벨기에 등), 3) 프랑스어가 유일한 공용어이지만, 국민이 사용하는 여러 국어들과 공존하는 경우(프랑스어권 아프리카 국가들, 마그레브는 별도) 이렇게 세 유형으로 나눈다.[18] 물론 이와 연관하여 더 세밀한 분류도 가능할

의 사회과학임을 강조한다. Louis-Jean Calvet, *La sociolinguistique*, PUF, 1998, chap. I-1.

17 언어가 사회적 사실이라면, 랑그를 연구하는 일반 언어학과 랑그의 사회적 측면을 고찰하는 사회 언어학을 엄밀하게 구분하기는 어려워진다. 이러한 관점이 극단화되면 사회언어학은 언어학의 한 분과가 아니라 언어학은 곧바로 사회언어학이 된다. 또한 언어를 매개로 사회적 사실을 연구하는가 혹은 사회적 사실을 검토하면서 언어의 특징을 천착하는 가에 따라서 사회 언어학(sociolinguistique)인가 언어의 사회학(sociologie du langage)인가 하는 연구 영역의 정체성과 관련한 논란도 제기될 수 있다.

18 Louis-Jean Calvet, *Linguistique et colonialisme*, 2부 11장.

것이다.

여기서 우리의 관심인 프랑스어권 아프리카 국가들에서 프랑스어의 사회적 위치를 정확히 가늠하기 위해서는 프랑스어의 공용어, 매개어의 여부와 여타 다양한 지역 언어들의 사용 양상, 이와 연관한 프랑스어 사용 경향, 프랑스어 실제 화자의 수 등 여러 요인들을 검토해야 한다. 예를 들어 세네갈 인구의 40% 가까이가 월로프어를 모국어로 사용하고 푸르어와 세레르어, 디올라어, 밤바라어가 뒤를 잇는다. 프랑스어는 밤바라어와 디올라 사이에 위치하여 모국어가 아니라 제2 혹은 제3 언어이다. 말리에서도 국민의 60% 이상이 밤바라어를 사용하며 코트디부아르에서는 디올라어가 매개 언어로 자리를 잡았다.[19]

물론 화자의 숫자만으로 프랑스어의 지위를 논의하는 것은 한계가 있고 질적인 차원에서 프랑스어의 상징적인 지위가 어떠한지 검토하는 것도 중요하다. 법령과 신문, 방송 등의 공식 담화와 학교 교육에서 프랑스어가 주로 사용되는 상황은 언어장 내에서 프랑스어의 지위를 분명하게 보여준다. 특히 규범성이 분명하고 전통적으로 엘리트적이라는 인식이 강한 프랑스어는 식민 초기 언어 정책 시행기부터 아프리카의 지역 언어들과 차별화되었다. 특히 아프리카의 여러 언어가 문자로 표기되지 않는 구전어라는 점이 언어적 열등성을 드러내는 것으로 해석되었다. 슐레겔의 언어 유형론에서 분명히 확인할 수 있는 것처럼, 언

---

19   Louis-Jean Calvet, Pierre Dumont, Jeanne Marie, *L'enquête sociolinguistique,* L'Harmattan, 1999, pp. 25-29.

어에는 우열관계가 있으며, 인도-유럽어족이 진화에 정점에 있다는 생각은 문자 언어가 문명 발전의 결과라는 생각을 강화한 것이다. 그래서 프랑스 식민지 언어 정책은 특히 음성 언어인 지역 언어들을 폄하했다. 프랑스인의 식민지 경영은 본국 행정 제도를 식민지에 적용하여, 현지인을 언어, 문화적으로 동화시키는 '동화주의'(assimilationnisme)가 특징이다. 식민지인을 종주국의 '문명화되고 발전된' 언어에 동화시키는 것이 '열등'한 '야만' 인종을 문명화하는 사명을 실현하는 것으로 여겼기 때문이다. 게다가 영국이 주로 식민지 간접 통치를 한 데 반해, 프랑스는 직접 통치를 원칙으로 했기 때문에 식민지 행정 및 경제활동을 보조할 현지인들을 양성할 필요가 있었고 이때 프랑스어 보급은 핵심적인 사업이었다.[20] 그러면서도 피에 누아르들은 '프랑스의 휴머니즘'이나 비판정신과 같은 고차원적인 가치를 토착민에게 교육하는 것이 장기적으로는 식민체제 유지에 불리하다고 여겼고, 제3공화국의 교육 정책 역시 이와 궤를 같이 하였다. 쥘 페리는 토착민 교육에서 지리와 역사 교육은 축소하고 프랑스어를 중심으로 함으로써 충실한 피식민인을 육성하고자 했다. 식민체제 하에서는 여러 언어가 수평적이고 평화로운 관계 속에서 공존하는 것은 불가능하다. 이러한 현상은 동일 지역에서 2개 언어 병용을 의미하는 'diglossie'란 개념으로 설명할 수 있는데, 마찬가지로 이중언어 사용을 의미하는 bilinguisme과 달리 'diglossie'는 다언

---

20   미우라 노부타카, 가스야 게이스케 엮음, 『언어제국주의란 무엇인가』, 돌베개, 2005, pp. 158-160.

어 사회에서 언어들 간의 완벽한 힘의 균형이 불가능하다는 현실을 고려한 개념이다.[21] 다시 말해 에두아르 글리상의 지적처럼 '식민 2개 언어 병용(diglossie coloniale)'은 식민지의 지정학적 정치, 사회 현실에 따라 같은 지역에서 한 언어가 다른 한 언어 혹은 다른 여러 언어를 상징적으로 지배하는 양상을 함축한다. 알베르 멤미는 『피식민인의 초상』에서 프랑스 보호령 하의 튀니지에서 학교와 행정 언어로 교육받는 프랑스어와 토착어인 아랍어가 형성하는 '언어적 비극'을 논의한다. 토착 역사와 문화와는 괴리된 프랑스 학교 교육은 모국어에 대한 열등감과 프랑스어에 대한 선망으로 이어지고, 궁극적으로 언어와의 소외된 관계를 야기할 수 있다.[22] 이 문제는 2부에서 멤미의 자전적 소설인 『소금 기둥(La statue de sel)』을 분석하는 장에서 좀 더 상세히 논의할 것이다.

3. 알제리 작가 카텝 야신의 프랑스어 인식

프랑스 식민지 중에서도 북아프리카는 토착어와 프랑스어의 관계를 가장 역동적으로 보여주는 지역이다. 특히 130년간의 식민 지배를 받았고 제국주의 청산 전쟁 중에서 가장 격렬한 전쟁을 벌였던 알제리의 경우, 프랑스어 이식의 역사 역시 가장 길며, 이 언어가 다른 토착

---

21 Dominique Combe, *Les littératures francophones, questions, débats, polémiques*, p. 90.

22 Albert Memmi, *Portrait du colonisé, précédé du portrait du colonisateur* (1957), Corréa, 2002, p. 150.

언어와 맺는 관계 역시 복합적이다. 사실 알제리는 식민 지배 이전에도 고대 이래로 언어 다양성이 높았고 지배 세력에 따른 지배어가 존재했다. 페니키아어, 로마 지배기의 라틴어, 아랍 제국의 지배로 인한 아랍어, 이후 터키어, 19세기 유럽 제국주의 시대의 프랑스어가 각각 지배어의 위상을 차지하면서 다른 토착어와 공존했다. 엄밀히 말해 알제리 지역의 대표적인 토착어는 베르베르어라고 할 수 있다. 베르베르어 화자의 수는 알제리 인구의 30% 이상인데, 카빌리아 지역의 카빌리아어, 오레스와 동부의 샤우이, 투아레그와 남부 지방의 타마세크와 같이 다양한 하위 방언을 가지고 있다. 이는 아랍 방언과 함께 알제리에서 가장 널리 통용되는 언어이다. 반면에 고전 아랍어는 7세기에 아라비아 반도에서 들어온 언어로서 코란 주해와 관련 저작, 종교 문학에 주로 쓰이는 엘리트 언어이기 때문에 다수 대중에게는 낯설었다.[23]

그러므로 알제리 프랑스어 작가들의 프랑스어에 대한 인식과 이것이 작품에 드러나는 양상을 이해하기 위해서는 이러한 다언어 상황을 고려해야 한다. 알제리 프랑스어 근대 문학의 선구자라고 평가할 수 있는 카텝 야신의 저작에는 식민 지배 언어의 양가성이 드러난다. 야신은 『별 모양의 다각형』[24]에서 프랑스어를 배우는 것을 모국어와의 절대적인 단절을 의미하는 "탯줄을 끊는" 행위로 설명한다. 아랍 문인 집안

23   Khaoula Taleb Ibrahimi, "L'Algérie: coexistence et concurrence des langues", *L'année du Maghreb*, 2004, pp. 15–16.
24   Kateb Yacine, *Le polygone étoilé*, Seuil, 1966.

에서 태어난 그가 학교 교육을 계기로 프랑스어를 배우게 된 경험은 유년기의 트라우마를 형성하였다. 그렇지만 야신에게 프랑스어는 식민체제의 억압을 상징함과 동시에 식민지배자에게 피식민인의 의사를 표현하고 더 나아가 저항할 수 있는 도구가 될 수 있다. 그는 프랑스어 습득을 부모가 자식을 "사자의 소굴"에 넣는 행위로 비유하는데, 작품 속 아버지는 프랑스어를 익힐 수밖에 없는 현실을 인지하고, 자신의 결정에 대해 다음과 같이 설명한다.

> 현재로서는 아랍어를 포기해라. 네가 나처럼 두 개의 의자 사이에 앉는 것을 원치 않는다. 내 뜻대로라면 너는 절대로 메데르사의 희생양이 되지 않을 것이다. 평소대로라면 내가 너의 문학 교사가 될 수 있을 것이고 나머지는 너의 어머니가 했을 것이다. 그러나 그러한 교육은 어디에 이를 수 있을까? 프랑스어가 지배하고 있다. 넌 프랑스어를 지배해야 하고, 우리가 유년기에 주입한 것을 남겨두어야 할 것이다. 하지만 일단 프랑스어를 마스터하면 너는 우리와 함께 안전하게 출발점으로 돌아갈 수 있을 것이다.[25]

아버지는 프랑스어를 익혀 그것을 능숙하게 다룰 줄 알게 되면 지배자에 맞설 수 있고 종국에는 자신의 문화로 돌아올 수 있다고 생각했다. 야신은 "프랑스어로 글을 쓰는 것이 낙하산 부대 대원(parachutiste: 알제리 전쟁에 투입된 프랑스 공수부대 대원)의 손에서 총을 빼앗는 것"이라고 언급한 바 있다. 그렇게 되면 피지배자가 자신을 위협하는 존재로

---

25 Kateb Yacine, *Le polygone étoilé.*, p. 180.

부터 빼앗은 무기를 가지고 "자신이 프랑스인이 아니라고 말하기 위해 프랑스어를 사용하는 상황"이 벌어질 수 있는 것이다.[26] 일찍이 식민지 관리들은 지배의 용이성을 위해 토착 세력과 연계가 필요하다고 인식하여 이들에 대한 지식을 축적했다. 그래서 식민지에 대한 보고서 및 에세이, 소설이 활발하게 생산되는데, 이때 식민지배자가 고용한 토착 정보원(informateur)의 역할이 중요했다. 그리고 이러한 지식이 어느 정도 축적된 이후에는 이야기의 주체가 된 피지배자의 반(反) 담론 역시 등장한다.[27] 이와 유사하게 프랑스어로 글을 쓰는 알제리 작가들에게 프랑스어는 지배자에게 불만과 증오를 드러내는 저항의 도구로 전용(轉用)될 수 있었다. 프랑스에서 출간된 에메 세제르(Aimé Césaire)의 『식민주의에 대한 담론(Discours sur le colonialisme)』에서 서술되는 식민지배에 대한 비판은, 적(敵)의 언어로 적을 고발하는 '칼리반의 언어'의 역설을 예시한다.[28]

다른 한편으로 야신과 같은 알제리 근대문학 1세대 작가들 대부분에게 고전 아랍어는 애초에 창작 언어로 적합하지 않았다. 프랑스 학교

---

26   Kateb Yacine, *Le Poète comme un boxeur, entretiens 1958-1989,* Paris, Seuil, 2011, p. 56, p. 132.

27   Bernard Mouralis, "Des comptoires aux empires, des empires aux nations: rapport au territoires et production littérature africaine", Jean Bessière(éd.) *Littérature postcoloniales et francophonie,* Honoré Champion, 2001, p. 13.

28   셰익스피어의 희곡, 『폭풍』의 등장인물 프로스페로(Prospero) 공작은 언어의 힘을 통해 칼리반을 노예로 부리고 착취한다. 그러나 칼리반은 어느 순간 주인에게 배운 언어로 주인에게 욕을 한다. 에메 세제르의 『폭풍(*La Tempête*)』(1971)은 탈식민주의적 관점에서 셰익스피어의 희곡을 다시 쓴 작품이다.

교육을 받고 프랑스 및 서구 문학의 영향을 받은 작가들에게 고전 아랍어는 프랑스어보다 더 낯설었다. 물론 프랑스어는 모국어로만 적확하게 표현할 수 있는 미묘한 문화적 차이와 내밀한 감정을 온전히 담을 수 없는 한계를 지니고 있지만, 문학 언어로서 프랑스어는 작가들에게 불가피한 선택이었다. 1960년대 말에 작품 활동을 시작한 라시드 부제드라에게 프랑스어는, 문화적 검열을 탈피하여 자신의 생각을 자유롭게 표현할 수 있는 수단이었다.[29] 그런 점에서 알제리 프랑스어 작가들에게 프랑스어와 아랍어는 단순한 이분법적 선택의 영역은 아니었다.

게다가 고전 아랍어는 권력과 종교를 상징하는 언어이기 때문에 야신이 독립 이후에 대중들에게 익숙한 아랍 속어로 희곡, 『모하메드가 너의 가방을 챙긴다(Mohamed prend ta valise)』를 집필한 것은 이슬람 기성 가치에 비추어 본다면, 불경한 행위였다. 독립 이후 이슬람 정권의 아랍화가 더욱 강화되면서 정치 세력은 프랑스어를 '구(舊) 식민지의 언어', '배신자의 언어'로 낙인을 찍었다. 그리하여 고전 아랍어는 알제리의 언어 다양성을 억압하는 상징성을 가진다. 아시아 제바르는 90년대에 암살된 반정부 지식인 사건을 다룬 『알제리의 백색』에서 1989년 카텝 야신의 장례식에 참여한 정부 인사 및 권력층 무리와 베르베르어 비문(碑文)을 들고 온 젊은이들 및 서민적인 차림의 여자들 무리가 만드는 대조적 장면을 서술한다. 한쪽에서는 베르베르어, 아랍 방언, 프

---

29 Patrice Martin et al (éd.), *La langue française vue d'ailleurs*, L'Harmattan, 2001, p. 191.

랑스어로 장례식 송가를 부르며, 이슬람 무덤 앞에서는 최초로 인터내셔널가가 울려퍼지기까지 한다. 그렇지만 다른 한쪽에서는 정부관계자들이 애국심을 고취하는 아랍어 노래를 부른다. 그러나 이슬람 사제 이맘이 고전 아랍어로 연설을 시작하려고 하자 격앙된 한 학생이 "배신이다"라고 소리쳤고, 대다수의 청중은 "베르베르 만세!"를 외치며 야신의 정신을 기리고자 했다. 이러한 소란은 정부가 야신을 '조국 알제리의 대표 작가'로 추켜세우며 그의 문학적 유산을 아랍 공식어의 영역으로 편입시키려는 국가주의적 의도를 보여주는 일화이다.[30]

---

30   Assia Djebar, *Le Blanc de l'Algérie,* Albin Michel, 1996, pp. 166−170.

2장
자크 데리다의 "타자의 단일언어주의"

1. 알제리의 유대인: 시민권과 프랑스어

자크 데리다가 좁게는 구조주의 사유 체계에 대해, 근본적으로는 서구 형이상학에 대해 총체적으로 문제를 제기할 때, 핵심 주제 중 하나가 바로 언어의 속성이다. 그는 1967년에 출간한 첫 저작이자 대표작인 『그라마톨로지에 대하여』[31]에서 음성 언어와 문자 언어에 대한 서구의 오래된 이분법적 위계질서를 문제시한다. 같은 해에 출간한 『목소리와 현상』,[32] 『글쓰기와 차이』[33]에는 이후 자신의 '해체적 사유'의 중

---

31 Jacques Derrida, *De la grammatologie,* Les Éditions de Minuit, 1967. (『그라마톨로지에 대하여』, 김웅권 역, 동문선, 2004)

32 Jacques Derrida, *La voix et le phénomène,* PUF, 1967.

33 Jacques Derrida, *L'écriture et la différence,* Seuil, 1967.

심을 이룰 '에크리튀르(écriture)', '차연(différance)', '현전(présence)', '흔적 (traces)', '대리보충(supplément)'과 같은 용어가 제시된다. 이것들은 모두 언어의 의미 문제와 밀접하게 관련된다. 대표적으로 데리다가 1963년 에 프랑스 철학회 세미나에서 처음 사용한 '차연(différance)'을 예로 들 수 있다. 데리다에 따르면, 단어도, 개념도, 이름도 아니라고 강조된 '차 연'은 차이(différence)와 지연하다(différer)라는 두 가지 의미가 결합된 신 조어로서, 기표가 끊임없이 이동하는 언어적 "의미화의 사슬(la chaîne de signification)"을 제시하는 표현이다.[34] 그리고 이러한 의미화의 사슬 이 지나간 자리가 바로 '흔적들'이고 '대리보충'의 개념과 직결된다.[35] 이 렇게 언어의 의미 확정이 끊임없이 지연된다면, 언어의 본질적인 의미 란 존재하지 않는다고 할 수 있다. 이러한 관점에 따르면, 언어와 불가 분의 관계에 있는 정체성 역시 불확정적이다. "정체성은 결코 주어지는 것도, 수용되는 것도, 달성되는 것도 아니며, 부단히 지속되는 정체성 형성의 환각적 과정"[36]이다.

본 장에서 논의할 『타자의 단일언어주의』는 의미의 유동성과 비규 정성이 특징인 데리다의 언어 인식을 토대로 한 후기 저작이다. 이 책

---

34 Jacques Derrida, «Cogito et histoire de la folie», *Revue de Métaphysique et de Morale*, 68e Année, No.4, 1963.

35 데리다는 『그라마톨로지에 대하여』에서 '차연'을 현존도 부재도 아닌 것으로 다룸으로써 이항 대립을 탈피한다. 이와 유사한 맥락에서 대리보충은 충만함도 결핍도 아닌, 포착 불가능하지만 의미의 끊임없는 재(再)전유를 가능하게 하는 존재이다. 자크 데리다, 『그라마톨로지에 대하여』, p. 446.

36 Jacques Derrida, *Le monolinguisme de l'autre*, Galilée, 1996, p. 28.

은 형식과 내용 측면에서 언어와 정체성의 관계에 대한 데리다의 사유를 독창적으로 제시한다. 1996년에 출간된 이 저서는 1992년 4월에 루이지애나 대학에서 에두아르 글리상이 주재한 학술대회인 「다른 곳에서 온 메아리」(Echoes from Elsewhere/Renvois de l'ailleurs)의 결과물이다. 상호학제적 연구 방법론을 토대로 프랑코포니를 주제로 다루고 있는 이 책은 앞서 언급한 데리다의 대표 저작들처럼 이론을 체계적으로 서술한 저작은 아니다. 그렇지만 독특한 은유, 신조어와 새로운 통사어법, 단상적 구성, 대화체 형식 등, 전통적인 철학적 서술에서 벗어나는 데리다 글쓰기의 특징은 이 저서에서도 볼 수 있다. 내용면에서 두드러지는 특징 중 하나는, 자신의 언어 정체성을 형성한 자전적 경험을 토대로 한다는 점이다. 90년대에 들어서 데리다는 마르크시즘, 역사, 이민과 환대, 연민과 애도의 문제 등, 사회 현실과 밀착된 쟁점을 적극적으로 다루기 시작한다. 그 과정에서 데리다는 사상가, 저술가로서 자신이 처한 구체적인 사회, 역사적 맥락을 적극적으로 인식하는 가운데, 알제리 태생 유대인의 정체성 탐문이 중요한 주제로 부각된다. 유대인 문제를 직접적으로 다룬 저서로는 먼저 제프리 베닝턴과 협업한 『할례고백』[37]을 들 수 있다. 제목이 시사하는 바와 같이, 아우구스티누스와 루소의 『고백록』을 상기시키는 이 책은 유대인의 풍습인 할례가 데리다의 유년기 기억에 미친 영향을 중심으로, 베닝턴이 데리다의 작품에 대해 쓴 내용을 논평한 일련의 주석을 모은 독특한 형식의 저서이다. 또

---

37   Jacques Derrida, Geoffrey Bennington, *Circonfession*, Seuil, 1991.

한 데리다와 마찬가지로 피에 누아르 유대인인 엘렌 식수와의 지적 교류의 산물인 공저, 『베일들』과 『젊은 유대인 성자인 자크 데리다의 초상』은 세속화된 유대인이자 피에 누아르인 두 사람의 공통된 특징인 유대성을 다루는 저서이다.[38]

유대인 문제와 관련된 저작 중에서도 『타자의 단일 언어주의』는 프랑스어와 유대인 피에 누아르의 정체성의 관계를 집중 논의한다. 데리다는 이전부터 이 문제에 관심을 가져왔는데, 크리스틴 뷔시-글뤽스만은 소르본에서 주재한 국제 철학 콜레주에서 이 책에 제시되는 몇몇 논지를 이미 다룬 바 있다. 또한 1979년에 몬트리올 대학에서 가졌던 토론의 결과물인 『타자의 귀』(L'oreille de l'autre, 1982)에서 니체의 자서전을 언급하면서 모국어의 고유성을 논의하고, 책의 후반에는 『타자의 단일 언어주의』 후반부에 전개되는 번역과 언어의 관계에 대한 사유의 단초를 볼 수 있다. 이 저서의 차별화되는 특징은 유대인 데리다의 자전적 경험이 좀 더 직접적으로 개진된다는 점이다. 특히 그가 알제리에서 태어나 거주한 유대인이라는 점은 프랑스어 인식에 가장 중요한 영향을 끼친 요소이고, 이와 관련된 경험과 사유가 구체적으로 논의된다. 데리다는 알제리에서 프랑스어를 구사하는 화자를 세 유형으로 나누어 설명하면서 자신이 그 어느 부류에도 속하지 않음을 강조한다.

---

38 Hélène Cixous, Jacques Derrida, *Voiles*, Galilée, 1998.
Hélène Cixous, *Portrait de Jacques Derrida en Jeune Saint Juif*, Galilée, 1991.

A: 우리들 중에는 프랑스 출신 프랑스인들처럼, 마그레브인이 아닌 프랑스인 프랑스어 화자, 간단히 말해, 프랑스 출신 프랑스 시민이 있다.

B: 또한 스위스인, 캐나다인, 벨기에인 혹은 중앙아프리카 여러 나라 출신의 아프리카인과 같이 프랑스인도, 마그레브인도 아닌 '프랑스어 화자'가 있다.

C: 마지막 부류로 당신[압델케비르 카티비를 의미함]의 경우나 모로코인, 튀니지인과 같이 프랑스 시민인 적이 없었고, 현재도 프랑스 시민이 아닌 마그레브인 프랑스어 화자도 있다.

그런데 알다시피 나는 명확하게 정의된 이러한 부류 어디에도 속하지 않는다. 나의 "정체성"은 위의 세 범주 어디에도 소속되지 않는 것이다. 그렇다면 나는 어디로 분류되는 걸까? 나를 분류하기 위한 특정 용어를 만들어야 할까?[39]

이러한 이질감은 데리다가 프랑스어를 자신의 정체성 혼란의 근본 이유라고 여기는 점과 관련된다.[40] 그가 자기 주변에서 볼 수 있는 프랑스인 화자들과 차이를 느끼는 이유는 출생, 언어, 문화, 국적, 시민권 관계의 복잡함에서 기인한다. 먼저 본국 프랑스인들과 데리다의 차이를 생각해 볼 수 있다. 데리다의 모국어는 본국 프랑스인들과 마찬가지로 프랑스어지만, 그는 대학교에 들어가기 전까지 프랑스 땅을 한 번도 밟아본 적 없이 알제리에서 살았다. 그렇기 때문에 데리다의 프랑스어

---

39 Jacques Derrida, *Le monolinguisme de l'autre*, p. 30.

40 Jacques Derrida, *Le monolinguisme de l'autre*, p. 32.

는 자타 표준에서 벗어난 것으로 여겨진다. 다른 한편으로 교육과 상업 영역에서 프랑스어를 공식어로 사용하는 마그레브인들의 프랑스어와도 그 의미가 다르다. 그들에게는 모국어인 아랍어가 있고, 프랑스어는 의무적으로 혹은 실용적인 목적으로 사용되기 때문이다. 또한 대다수의 피에 누아르들처럼 아랍어나 베르베르어를 전혀 구사하지 못했던 데리다는 마그레브 공동체와도 거리를 두었다.

그렇지만 유대인 데리다는 '프랑스 시민' 지위에 변동이 없었던 다른 피에 누아르들의 상황과는 달랐으므로, 데리다와 프랑스어의 관계를 피에 누아르의 프랑스어 인식과 동일시할 수 없다. 에스파냐 톨레도 지역 출신이었던 데리다의 선조는 15세기에 종교박해를 피해 북아프리카로 이주한 유대인인 세파라드(séfarade)였다. 그러나 일찍이 세속화되었던 데리다의 집안은 유대 고유문화를 충실히 실행하지는 않았다. 그는 에스파냐계 유대인들의 방언인 라디노어를 알고 있었지만 알제에서는 더 이상 라디노어가 쓰이지 않았고, 유대 공동체에서 많이 사용하곤 하는 이디시어는 알지 못했다. 데리다는 최소한의 형식으로만 유대교를 경험했을 뿐이고, 이미 은연중에 기독교 문화에 녹아든 상태였다.[41] 그렇지만 유대인의 지위는 그의 정체성의 뗄 수 없는 표지이고 이것은 프랑스어가 모국어임을 의심할 필요가 없는 다른 피에 누아르 프랑스인과 상이한 언어 인식 형성의 요인이 된다. 프랑스 공화국이 유대인에게 부여하거나 박탈한 시민권의 변동 때문에, 알제리 거주 유대인

---

41   Jacques Derrida, *Le monolinguisme de l'autre*, p. 90.

들에게 프랑스 시민권은 정체성을 형성하는 항상적 요소가 될 수 없었다. 이때 데리다가 의미하는 시민권이란 개인이 정치, 경제, 사적인 이유로 취득하는 권리로서의 시민권이 아니라, 국가가 특정 종족이나 종교 집단에게 일방적으로 부여하거나 박탈하는 시민권을 의미한다.[42]

프랑스령 알제리 거주 유대인의 지위와 그들이 프랑스에 갖는 소속감을 좀 더 잘 이해하기 위해서는 유대인의 시민권 변동과 관련한 주요 사건을 간략히 살펴보는 것이 유용할 것이다. 19세기 중반을 지나면서 약 3만 5천 명의 알제리 거주 유대인들은 프랑스의 알제리 이주민 숫자가 지속적으로 증가하던 시기였던 1870년에 크레미외(Crémieux) 법령을 통해 프랑스 시민권을 부여받았다. 제3공화국은 알제리를 유럽화, 백인화하기 위해, 유대인과 스페인, 이탈리아, 몰타 출신의 유럽계 이민자들에게 시민권을 부여하여 프랑스인 인구를 늘리는 정책을 시행했다.[43] 특히 유대인들은 무슬림 세계에서 차별을 받고 있었기 때문에, 프랑스가 알제리 정복과 유대인 해방을 동시에 선언하는 전략은 보편주의를 표방하는 공화국의 문명화 사업을 정당화하는 역할을 했다. 하지만 각 집단 모두 크레미외 법 시행에 강하게 반발했다. 우선 당사자인 유대인들은 프랑스 법률과 유대 전통 법률의 충돌에 부정적인 입장이었고, 본토 출신 프랑스인들은 새롭게 정치적 힘을 획득한 유대인 집단을 경계했다. 1871년에 일어난 무슬림의 대규모 반란의 원인으로 크레미외

---

42   Jacques Derrida, *Le monolinguisme de l'autre*, p. 34.

43   Jeannine Verdès-Leroux, *Les français d'Algérie de 1830 à nos jours*, Fayard, 2001, 1장.

법령이 지목되었을 정도로, 그 누구보다 무슬림들의 반발도 컸다. 실제로 이 사태는 식민 정부의 제반 정책에 대한 반대로 일어났지만, 반란의 확대와 진압 과정에서 '무슬림과 유대인의 대립'이라는 신화는 더욱 강화되었고, 이것은 이후에 알제리에서 반(反) 유대주의 부상과 확산의 구실이 되었다.[44] 그렇지만 2차 대전기 일련의 상황은 알제리 유대인의 시민권이 얼마나 불안한 자격인가를 여실히 보여준다. 비시 정부는 1940년에 이들의 시민권을 박탈했다. 알제리의 대다수 유럽인들은 이런 조치를 은근히 환영했고, 무슬림들 역시 유대인들이 자신들처럼 법적 차별을 받는 상황을 반대할 이유가 없었다. 그러다가 시민권은 1943년에 복권되었다.

이처럼 정치적 상황에 따라 통합과 배제의 대상이었던 유대인들의 시민권은 데리다에게 트라우마적 기억으로 남아 있다.[45] 그리고 이것은 데리다의 언어관과 긴밀히 연관된다. 그가 프랑스인일 때나 아닐 때나 그의 모국어가 프랑스어라는 사실에는 변함이 없다. 그러나 시민권이 박탈된 시기에 자신이 유일하게 구사할 줄 아는 모국어가 진정으로 자신이 소유하고 있는 언어인가 하는 의문이 제기된다.

그러나 나는 (시민권의) 배제가 방금 전에 말했던 정체성의 혼란과 관련될 수 있음을 의심치 않는다. 그러한 "배제"가 일반적인

---

44 문종현, 「19세기 말 알제리 반유대주의와 시민권, -식민지 보수주의-」, 『한국
서양사학회』, No.134, 2017, 3장.
45 Jacques Derrida, *Le monolinguisme de l'autre*, p. 35.

의미로서 언어(la langue)의 소유 혹은 비소유, 언어에 대한 소속감, 우리가 분명 한 언어(une langue)라 부르는 것에 부여된 것에 흔적을 남긴다는 것 역시 의심의 여지가 없다. 그러나 누가 정확히 언어를 소유하는가? 누구인가? 언어란 결코 소유될 수 없는가? 소유하는 소유 아니면 소유된 소유? 재산처럼 자기 것으로 소유되거나 소유하는 것? 우리가 언제나 돌아갈 수 있는 언어 안의 내 집이라는 존재는 무엇인가?[46]

나치는 실제로 알제리 땅을 점령한 적이 없었다. 그럼에도 불구하고 비시 정부가 유대인을 탄압한 사건은 데리다가 다문화 알제리 사회에서 유대인의 지위를 재고하고, 시민권과 모국어에 대한 문제를 제기하는 계기가 되었다. 프랑스인이 아닌 상태에서 유대인들의 프랑스어는 '프랑스어가 프랑스 국민의 언어'라는 언어 민족주의 통념에 도전하는 담론과 관계된다. 마르크 크레퐁은 『타자의 단일언어주의』가 어떻게 모국어 사용에 일반적으로 전제되는 애국 및 민족주의 이데올로기와 관련된 가정에서 벗어나는지 분석한다. 그러한 가정은 구체적으로 다음과 같다. 먼저 언어를 소유 가능한 대상으로 보고 많은 경우 언어 공동체와 정치 공동체를 동일시하는 가정을 들 수 있다. 즉 공동의 언어를 중심으로 우리가 누구인지 확인하고 타자를 배제할 수 있다. 이렇게 한 언어가 정체성의 표지라는 가정은 동질적인 하나의 문화, '순수한' 문화가 존재한다는 가정으로 이어진다. 그러므로 언어의 위협과 수호

---

46   Jacques Derrida, *Le monolinguisme de l'autr*, pp. 35-36.

가 한 문화의 존립과 관계된다는 세 번째 가정이 도출된다.[47] 그런데 데리다의 경우는 이러한 가정에 의문을 제기한다. 이 저서에서 언어와 관련하여 데리다가 가장 강하게 자각하는 바는 바로 '모국어의 소유불가능성', 더 나아가 '언어의 소유불가능성'이다. 그의 유일한 언어, 그러니까, 단일언어(monolangue)는 언제나 "타인들의 모국어"였고, 이러한 데리다의 고백은 유대인의 프랑스어를 중심으로 언어 공동체와 정치 공동체의 불일치를 예증한다. 주지하다시피 프랑스어를 통해 프랑스의 국가 정체성, 문화적 통일성을 형성한다는 통념은 알제리 유대인들의 정서와는 괴리된다. 그들이 비시 프랑스 시기에 프랑스어를 구사하는 상황은 자신들이 프랑스 공동체에서 배제된 존재라는 점을 더욱 강하게 각인시킬 뿐이었다. 이처럼 알제리 유대인의 시민권의 변동과 프랑스어의 관계는 데리다의 언어 인식의 불안감을 고조시킬 뿐만 아니라, 프랑스어가 정체성의 통일성을 이루는 요소라는 통념의 한계를 제시했다.

2. 알제리 다언어 사회와 데리다의 삼중적 분리

다언어 사회인 알제리 거주 유대인 데리다의 언어 인식은 『타자의 단일언어주의』 6장과 7장에서 중점적으로 논의된다. 그는 자신이 속한 유대 공동체가 언어, 문화, 종교적으로 독실한 유대인과는 거리가

---

47 Marc Crépon, "Ce qu'on demande aux langues(autour du monolinguisme l'autre)", *Raisons politiques*, N.2, 2001, pp. 28-29.

먼 "해체되고, 단절된" 공동체라고 보고, 알제리 유대인들은 "3중의 분리"를 겪는다고 설명한다. 첫 번째, 그들은 오랫동안 알제리에 존재해 왔던 베르베르 문화 및 언어와 단절된다. 두 번째로 본토 프랑스 문화와도 괴리되었다. 마지막으로 유대 역사, 문화, 기억과의 단절을 꼽을 수 있겠다.[48] 이러한 소외의 양상은 피식민인 마그레브인들의 경험과 동일하지는 않지만, 데리다는 프랑스어를 둘러싼 언어 소외 문제를 집중적으로 포착한다. 식민지 사회에서 일반적으로 볼 수 있는 바와 같이, 알제리에서는 식민자의 언어인 프랑스어를 정점으로 언어적 위계질서가 작동했다. 학교에서 아랍어는 기타 외국어처럼 선택하여 배우는 "임시적인 외국어"였고,[49] 베르베르어는 아예 제2외국어에 속하지도 못했다. 게다가 중등학교에서 아랍어를 제2외국어로 선택한 학생은 극소수의 토착민과 실용적인 목적으로 배우는 일부 피에 누아르에 불과했다. 알제리 프랑스어 여성 작가인 아시아 제바르의 자전적 소설, 『아버지의 집 어디에도』에도 식민지에서 아랍어의 지위를 보여주는 일화가 등장한다. 프랑스 학교에 다니는 소수의 알제리인 서술자는 고전 아랍시에 매료되어 제2외국어로 아랍어를 신청했으나, 배우려는 학생이 거의 없었기 때문에 다른 언어를 선택하라고 강요를 받았던 것이다.[50]

무엇보다 토착 언어와 문학에 대한 접근이 제한된 식민체제에서 서

48 Jacques Derrida, *Le monolinguisme de l'autre*, pp. 94-96.
49 Jacques Derrida, *Le monolinguisme de l'autre*, p. 67.
50 Assia Djebar, *Nulle part dans la maison de mon père*, Actes Sud, 2010, pp. 104-105.

술자의 언어 인식은 근본적인 결핍을 겪을 수밖에 없었다. 물론 이 책에서 데리다는 '콜로니얼(colonial)'이란 용어를 특정 시대의 정치사회 체제에 한정하여 사용하지는 않는다. 그에 따르면, "언어로서의 법(la Loi comme Langue)"은 동일자가 타자를 포섭하려는 "동질성의 헤게모니"를 발휘하여 타자성을 억압하므로, "모든 언어, 나아가 모든 문화는 근본적으로 식민적인 성격"을 지닌다. 그렇더라도 데리다가 식민지의 잔혹상과 식민전쟁이 야기하는 트라우마를 부정하는 것은 아니다. 그가 문화의 식민적 구조를 선명히 보여주는 본보기로 알제리를 강조한 것에서도 이점을 잘 알 수 있다.[51]

아랍어와 베르베르어의 주변화 양상은 식민지의 공간 분할을 통해서도 설명될 수 있다. 데리다는 아랍인 동네 옆에 살았으므로 아랍어는 이웃의 언어였다. 그러나 서로의 구역을 방문하는 경우는 매우 드물었을 정도로 유럽인과 아랍인의 거주 공간은 철저히 분리되었고 아랍어는 타자의 언어였다. 두 세계의 분할은 데리다와 프랑스의 관계에도 적용해볼 수 있다. 프랑스 대학 진학 전까지 프랑스에 한 번도 가본 적이 없었던 데리다에게, 알제리와 프랑스 사이에는 "바다", "심연"[52]이 놓여 있었다. 그가 프랑스를 떠올릴 때, "도시-수도-어머니-조국(Ville-Capitale-Mère-Patrie)"[53]을 동일시했던 만큼 그곳은 심리적으로는 기원

---

51   Jacques Derrida, *Le monolinguisme de l'autre*, pp. 68–69.

52   Jacques Derrida, *Le monolinguisme de l'autre*, p. 75.

53   Jacques Derrida, *Le monolinguisme de l'autre*, p. 73.

의 공간이지만, 물리적으로는 너무나 먼 곳이었다. 요컨대 프랑스는 가깝고도 먼 곳, 조국인 동시에 이국이었다. 예를 들어, 데리다는 학교에서 알제리 지리를 전혀 배우지 않았지만, 직접 본 적 없는 센강, 론강의 작은 지류와 프랑스 주도는 정확히 읊을 수 있었으며, 브르타뉴 해안과 지롱드 하구는 눈감고도 그릴 수 있을 정도였다. 그러나 프랑스는 "낯선, 가공의, 유령 같은" 존재라고 묘사된다.[54]

데리다가 낯선 조국 프랑스를 동경하면서 가장 먼저 맞닥뜨린 감정은 모종의 열등감이었다. 이점은 '프랑스', '프랑스어', '프랑스적인 것'을 문화적, 지성적 준거로 간주하는 태도에서 비롯된다. 예를 들어, "프랑스에서 휴가를 보낸다", "이 교수는 프랑스 출신이다", "프랑스산 치즈"와 같은 문장에서 프랑스는 각각 이국적이고 멋진 장소, 능력 있는 선생님, 질 좋은 원조 음식과 관련된다.[55] 또한 프랑스인 학교 선생님이 구사하는 표준 프랑스어는 공화국의 보편 가치를 대표한다. 프랑스 소도시나 시골 사람들에게 프랑스어가 파리의 언어로 여겨지듯이, 피에누아르들에게 "정확하고, 우아하고, 웅변조이거나 문학적인" 표준 프랑스어는 동경의 대상이었던 것이다. 데리다는 이러한 태도가 "순수한 프랑스어", "좋은 프랑스" 모델을 전제하고 이를 최대한 구사하려는 "과장된 취향(ce goût hyperbolique)"을 보여준다고 강조한다.

---

54 프랑스어와의 소외 관계, 유령적 공간인 프랑스와 관련하여, 데리다 후기 사유의 핵심 개념인 "유령성(spectralité)"의 초기 모델을 이 저서에서 찾아볼 수 있다. Jacques Derrida, *Le monolinguisme de l'autre*, pp. 47-48.

55 Jacques Derrida, *Le monolinguisme de l'autre*, p. 73.

"이러한 과장된 태도(오래전부터 나는 순수성, 순수화는 물론 알제리의 "과격파"들을 비난했지만, 내게는 "프랑스어보다 더 프랑스어 같고, 순수성을 고집하는 이들의 순수성이 요구하는 것보다 더 "순수하게 프랑스어다움"을 추구하는 태도가 있다), 이처럼 과도하고 억제하기 힘든 극단적 태도는 아마도 학교에서 체득했을 것이다. 그렇다, 내가 삶을 보낸 여러 프랑스 학교에서 말이다."[56]

이와 같은 행태는 사회언어학에서 논의하는 '과잉교정(hypercorrection)' 개념을 상기시킨다. 과잉교정이란 어법, 문법, 발음이 올바름에도 불구하고 공통어, 표준어와 같이 사회적으로 권위 있는 것으로 간주되는 언어를 기준으로 유추하여 과도한 교정을 수행한 나머지, 오용을 행하는 경우를 일컫는다.[57] 윌리엄 라보프가 뉴욕지역 주민을 대상으로 수행한 대표적인 연구가 보여주는 것처럼, 특정 발음은 사회 계층성을 반영하는 요소가 될 수 있다. 라보프는 모음에 이어서 나는 [r] 발음을 일종의 사회언어학적 변이형으로 간주하고 상류 계층으로 갈수록 이를 정확하게 발음하는 경향이 있음을 파악했다. 그런데 흥미롭게도 중간 계층으로 분류되는 화자들은 이 발음을 과하게 의식하여 과잉교정을 하는 현상이 발견된다. 라보프는 이것을 중간 계층이 상류층의 표준에 부합함으로써 사회적 신분상승을 추구하는 무의식적인 행동으

---

56 Jacques Derrida, *Le monolinguisme de l'autre*, p. 82.
57 *Merriam Webster's Dictionary of English Usage*, Springfield, Massachusetts, US: Merriam-Webster. 1994.

로 평가한다.[58]

데리다의 경우에 이러한 태도는 자연스럽게 열등감을 야기하고, 자신의 언어 사용법을 검열하는 것으로 이어진다. 특히 일반적으로 사투리 억양은 화자가 언어 구사의 표준성 여부를 자각하는 대표적인 요소이다. 데리다는 프랑스 유학 시절에 피에 누아르 억양을 최대한 드러내지 않으려고 낮은 음성으로 '프랑스어보다 더 프랑스어답게' 발음하려고 노력했던 일화를 서술한다. 그렇지만 일상 대화나 감정을 표현할 때일수록 본연의 억양을 감추기란 쉽지 않은데, 그런 경우 데리다는 계속 목소리에 신경 쓰고 틀리게 발음할까 봐 두려워했고, 최악의 경우 자신을 싫어하기에 이르렀다. 데리다는 표준에 부합하지 못하는 발화를 "수문(écluse)"과 "둑(barrage)"이란 비유로 설명한다.[59] 자신의 발화를 통제하지 못한 채 어색한 발음이 나오는 것은 말투와 목소리의 둑이 터지는 순간과 같았고, 그때 자신의 목소리가 자기 것이 아닌 것처럼 여겨져 급기야 그것을 혐오하기에 이른다.

게다가 데리다는 억센 남부식 억양이 공적 발화의 지적인 품위나 시적 표현에는 어울리지 않는다고 생각했다. 더 나아가 억양을 단순히 악센트를 주는 방식(accentuation)으로 이해하는 것을 넘어서 글쓰기

---

58 William Labov, *Sociolinguistic patterns*, Pennsylvania UP, 1972, ch.5. Hypercorrection by the Lower Middle Class as a Factor in Linguistic Change, pp. 122-125.

59 Jacques Derrida, *Le monolinguisme de l'autre*, p. 80.

전반을 지배하는 증후로 보았다.[60] 표준에 가까울수록 '순수한 악센트의 본토 프랑스어 발음'이며 이것은 프랑스 문학 영역에 입성하는 자격 기준이 될 수 있다. 이러한 위계 논리에 따라 "문학적인 문화"와 "비문학적인 문화", 그리고 "진정한 프랑스 문학"과 "알제리 프랑스인들의 문화"가 구분된다.[61] 이와 같은 일련의 서술은 발음 때문에 열등감이 형성되었던 유년기에 대한 데리다의 자기 객관화 과정을 제시하고 있다. 프랑스인이면서도 일시적으로 프랑스인이 아니었던 그에게, 프랑스어는 계속하여 자기검열을 해야 하는 낯선 언어였던 것이다. 요컨대 '순수한 프랑스어' 추구, 부적절한 모국어 구사에 대한 자각으로 인한 열등감과 이에 수반되는 죄책감은 알제리 유대 프랑스인들이 보편적으로 가질 수 있는 정서를 잘 보여준다.

3. 수행적 모순과 언어의 타자성

지금까지 살펴본 것처럼 데리다가 경험한 프랑스어에 대한 소외는 압델케비르 카티비와 같은 모로코인이 식민 언어에 대해 느끼는 소외감과는 차이가 있다. 데리다는 학문적 교류를 이어왔던 친구이자 『타자의 단일언어주의』에서 종종 2인칭 청자로 등장하는 카티비의 경우가 자신과 다른 점을 다음처럼 설명한다.

---

60   Jacques Derrida, *Le monolinguisme de l'autre*, p. 78.
61   Jacques Derrida, *Le monolinguisme de l'autre*, pp. 79–80.

압델케비르 카티비는 "모국어"에 대해 말한다. 카티비가 내게 말하는 모국어란 분명 프랑스어가 아니겠는가. 그는 다른 언어로 모국어 이야기를 한다. [...]

그렇다, 그리하여 나의 친구는 주저 없이 "내 모국어"라고 말한다. 동요하지 않고, 그의 작품 전반의 시적 떨림을 각인하는 언어의 미묘한 격동 없이 모국어에 대해 말하는 것을 들을 수 있다. "모국어" 단어 앞에서 머뭇거리지 않는 것으로 보인다. 이러한 속내 이야기에서 내가 발견한 것은 바로 확신이다. 카티비는 심지어 아직은 자신의 것이 아닌 다른 것을 소유물로 확신한다. 감히 그렇게 한다. 여기서 어떤 의심의 위협도 없다는 듯, 확실하게 소유물로 드러난다. 그는 "나의 모국어"라고 말하는 것이다.[62]

이렇게 카티비에게는 거리낌 없이 모국어라고 말할 수 있는 언어가 있다. "한 명의 어머니, 하나의 모국어가 있고", 그의 또 다른 선택 언어인 프랑스어가 있다. 프랑스어로 모국어에 대해 말할 수 있고, 모국어로 프랑스어에 대해 말할 수 있다. 물론 식민지 모로코인에게 프랑스어는 자발적인 선택이 아니라, 식민체제로 인한 '강요된' 선택이었기 때문에 그가 경험하는 다언어 상황 역시 모국어와의 관계를 복잡하게 만든 것은 사실이다. 그러나 데리다가 겪는 모국어의 소외는 그가 구사하는 언어가 단 하나라는 점에서 카티비의 경우와는 근본적으로 다르다.

데리다는 언어를, 언어 사용자의 거주 공간에 비유하면서 프랑스어가 과연 진정한 의미에서 모국어인지 자문한다.

---

62 Jacques Derrida, *Le monolinguisme de l'autre*, p. 63.

나는 단일언어 화자이다. 나의 단일언어사용은 지속되는데, 이것을 내 거처라 부른다. 그렇게 느끼며, 그곳에 있고 그곳에서 살아간다. 내가 호흡하는 공간인 단일언어사용은 바로 생활환경이다. 자연적인 조건이나, 창공의 투명함이 아니라 절대적인 환경이다.[63]

존재의 집이라고도 할 수 있는 언어는 화자의 정체성을 형성하는 절대적인 공간이다. 이러한 전제에 따르면 그가 머무는 프랑스어라는 거주지는 온전한 공간이 될 수 없다. 데리다는 자신이 프랑스어의 안과 밖, 어느 곳에도 정주하지 못하고 가장자리를 맴돈다고 말한다.[64] 그리고 이렇게 경계 지대에 있는 사람이 소속감의 부재로 인해 불안과 고통을 경험하는 양상을 앞서서 간략하게나마 논의하였다.

데리다는 이 저서에서 특히 "수행적 모순(contradiction performative)"이라는 개념을 통해 프랑스어의 타자성을 강조한다.[65] 화용론적(pragmatique) 모순이라고도 부르는 이것은, 언술주체가 자신이 발화하는 것과 반대되는 것을 실천하는 상황을 가리키는 논리학 용어이다. "이 약속을 지키지 않겠다고 약속한다", "이 명령을 따르지 말 것을 명령한다"고 말하거나, 거짓말임을 고백하면서 거짓말을 하는 것이 바로 그 예이다. 데리다는 서두를 시작으로 저서의 곳곳에서 모국어가 타자

---

63 Jacques Derrida, *Le monolinguisme de l'autre*, p. 13.
64 Jacques Derrida, *Le monolinguisme de l'autre*, p. 14.
65 Jacques Derrida, *Le monolinguisme de l'autre*, p. 16, p. 19.

의 언어라는 모순적인 상황에 대해 반복적으로 서술한다.

> 그렇다, 나에겐 한 언어만 있는데 그것은 내 언어가 아니다.
> 단일언어화자가 되는 것(내가 바로 그런 경우 아닌가?), 그리고
> 내 것이 아닌 언어로 말하는 것은 가능한 일이다.
> 나에게는 하나의 언어만 있고 그것은 내 것이 아니며, 나 '자
> 신의' 언어는 나에게 동화될 수 없는 언어이다. 내가 말하는 것
> 을 듣고, 내가 능숙하게 말할 수 있는 유일한 언어는 타자의 언
> 어이다.[66]

거의 강박적으로 보일 정도로 데리다는 이 논지를 작품 전반에 산
포한다. 수행성 개념을 토대로 프랑스어와의 관계를 논의하는 것에 걸
맞게, 수행적 모순 발화를 지속적으로 실천하는 것이다. 인용문에서
보다시피 이러한 주장은 대부분 보편적 진리를 기술할 때 사용되는 현
재 시제(présent gnomique)로 서술되는 경우가 일반적이지만, "이 유일
한 언어는 나의 언어가 되지 않을 것이다, 실로 그런 적이 결단코 없었
다."[67]는 문장처럼 과거, 현재, 미래를 망라한 절대적 진리로 강조된다.

더 나아가 데리다는 프랑스어와 관련한 수행적 모순을 언어가 지
닌 본원적인 타자성 문제로 확장한다. 예를 들어 1장에서는 1인칭 단수
'나(je)'를 주어로 언어 소유의 불가능성을 논의하다가, 2장에서는 일반

---

66 Jacques Derrida, *Le monolinguisme de l'autre*, p. 13, p. 15, p. 19, p. 47.
67 Jacques Derrida, *Le monolinguisme de l'autre*, p. 46.

인을 지칭하는 주어 'On'으로 바꾸어 같은 내용을 서술한다.[68] 이러한 변환은 데리다 개인의 자전적 경험이 역사적 맥락에서 갖는 의미로 확장되는 것으로 해석할 수 있다. 즉 개인적 차원의 언어 소외에 대한 언술은 언어 일반의 근원적인 소외를 나타내는 보편명제(axiome universel)가 된다.

이런 예외적인 상황은 동시에 보편적인 구조의 전형적인 예이다. 이것은 타자의 언어로 모든 언어를 확립하는 일종의 본래적 '소외'를 나타내거나 반영한다. 즉 언어의 소유란 불가능하다.[69]

언어의 근본적인 소유 불가능성은 언어가 기원도, 본질도 지니고 있지 않다는 데리다의 언어 인식을 확고히 하는 명제이다. 이것을 데리다의 자전적 경험의 특수성에서 도출하는 과정에서, 우리는 전반적으로 크게 주목되지 못했던 알제리 유대인들의 언어 인식을 이해할 수 있었다. 일반적으로 마그레브의 프랑스어 사용자들의 프랑스어 인식의 문제는 '본국민의 언어 대 피식민자의 이식된 언어'와 같은 이분법적 구도로 다루곤 한다. 그리고 이 구도에서는 양쪽 모두 모국어를 기원이나 본질로 전제하는 경향이 있다. 그렇지만 데리다는 이러한 모국어 개념을 문제시했음을 확인했다. 양쪽 어디에도 속하지 않는 데리다의 경험은, 프랑스어를 정체성 통일의 도구로 활용하는 전략이나, 마그레브인

---

68   Jacques Derrida, *Le monolinguisme de l'autre*, p. 51.

69   Jacques Derrida, *Le monolinguisme de l'autre*, p. 121.

들의 경우처럼 모국어와의 관계에서 소외를 형성한다는 관점, 이 두 가지 모두에서 누락된 '단일언어 사용자의 언어 소외'를 제시한 것이다.

3장
압델케비르 카티비의
복수의(pluriel) 언어

1. 카티비의 탈식민 기획과 이중비판

유년기부터 프랑스 학교 교육을 받은 식민지 마그레브 프랑스어 작가들에게 프랑스어는 자연스럽게 사고와 표현의 언어가 되었다. 물론 구체적으로 살펴본다면 이들이 프랑스어와 맺는 관계 양상은 다양하지만, 독립 이후에 많은 작가들은 공통적으로 어떤 언어로 창작을 이어갈 것인지 선택의 문제에 직면했다. 이들은 식민체제의 상징인 프랑스어로 계속 글을 쓰는 것에 곤란함을 느끼거나, 역사의 상흔을 환기하곤 했다. 하지만 아랍 문어로는 표현하고 싶은 만큼 자유롭게 쓸 수 있는 능력을 갖춘 작가들은 많지 않았다. 이들은 아랍 방언을 모국어로 구사했지만, 종교적 글쓰기를 위해 사용하는 언어인 고전 아랍 문어를 구사할 줄 아는 이들은 소수였다. 물론 아랍어 글쓰기의 부활을 전망하는 의견도 있었는데, 알베르 멤미와 말렉 하다드는 마그레브 국가들의 잇따른 독립 상황에서 프랑스어 마그레브 문학이 사라질 것이라 예견했다.[70] 또한 카텝 야신은 알제리 독립 이후에 프랑스어로 쓴 몇몇 희곡 작품을 아랍 방언으로 번역했고, 아랍어로 희곡을 집필을 하여 노동자, 민중들을 대상으로 아랍 방언으로 상연을 하였다.[71] 그렇지만 '말하는 언어'와 '글을 쓰는 언어'가 괴리된 상황에 놓인 마그레브 프랑스어 작가들은 다언어, 다문화, 두 역사 사이에서 창작 언어 문제를 지속적으로 고민했고, 이들의 프랑스어 작품에서도 아랍어 및 아랍 문화와의 관계를 볼 수 있다.

모로코 사회학자이자 작가인 압델케비르 카티비(Abdelkébir Khatibi, 1938-2009)의 작품 전반에서도 다언어 상황에서 프랑스어가 갖는 의미는 핵심적인 주제이다. 카티비는 모로코가 프랑스 보호령이었던 1938년에 항구 도시 엘 자디다에서 태어났다. 그는 1945년에 모로코의 프랑스 초등학교에 입학하여 프랑스식 교육을 받기 시작하였고 마라케시에서 중등 교육을 마친 뒤, 1958년에 프랑스 소르본 대학에서 사회학을

---

70 Albert Memmi, *Portrait du colonisé, précédé du Portrait du colonisateur*, Paris, Buchet/Chastel, 1957. Malek Haddad, *Les Zéros tournent en rond*, Maspéro, 1961.

71 Beïda Chikhi, *Kateb Yacine: au coeur d'une histoire polygonale*, Presses universitaires de Rennes, 2014, pp. 35-38.

전공했다. 그리고 알제리 전쟁이 한창 진행 중이던 이 시기에 알제리 독립 운동을 비롯하여 식민지 독립을 주장하는 제3세계 민족주의 운동과 민족문화에 관심을 갖게 되었다. 마그레브 프랑스어 문학과 창작 영역에서도 카티비가 기여한 바가 크다. 1965년에 카티비가 아랍어 및 프랑스어로 창작한 마그레브 소설의 형성과 특징을 논의한 박사논문은 이 분야 최초의 박사논문이고, 이는 1968년에 마스페로 출판사에서 단행본, 『마그레브 소설』(Le roman maghrébin)로 출간되었다. 이 저서는 문학사회학적 관점에서 마그레브 근대 소설이 태동한 배경과 전개 과정을 비판적으로 일별하고 문학이 사회, 역사적 변동과 맺는 관계를 검토하면서, 프랑스어 마그레브 문학의 지형을 효과적으로 제시한다.

1983년에 출간된 에세이, 『복수의 마그레브』[72]는 카티비의 언어 및 문화 이론의 근간을 이루는 주제를 전방위적으로 다루고 있는 중요한 저서이다. 이 책은 『마그레브 소설』과 1971년에 출간된 첫 문학 작품인 『문신 새긴 기억』, 그리고 1979년의 『피의 책』(Le Livre du sang)의 주제와 관점을 확장하여 프랑스 식민체제가 남긴 유산과 독립 이후 모로코 사회에 대한 전망을 모색한다. 영어판의 부제인 "포스트콜로니얼리즘에 관한 글쓰기"[73]는 저서의 이러한 기획을 효과적으로 제시한다. 대다수의 모로코 지식인들이 프랑스에서 교육을 받은 이후에 고국으로 돌

---

72 Abdelkébir Khatibi, *Maghreb Pluriel*, Denoël, 1983, 본 장에서 활용할 판본은 Abdelkébir Khatibi, *Essais 3*, Différence, 2008이다.

73 Abdelkébir Khatibi, *Plural Maghreb: Writings on postcolonialism*, (trans. P. Burcu Yalim), Bloomsbury Publishing, 2019.

아오지 않고 프랑스 혹은 다른 서구 국가에 거주했던 것과는 달리, 카티비는 학업을 마친 후 모로코로 돌아와 교육, 저술, 문화 활동을 활발히 펼쳤다. 그렇기 때문에 고국의 변화를 생생하게 포착할 수 있었던 카티비에게는 '과거의 모로코'를 반추하고, '새로운 독립국 모로코'를 좀 더 민감하게 고찰할 수 있다는 이점이 있다.

모로코의 문화 및 문학 비평지 『수플』(Souffles)은 이와 관련하여 중요한 역할을 수행했고, 카티비 역시 이 잡지에서 활동을 했다. 1966년에 모로코 대표적인 지식인인 타하르 벤 젤룬(Tahar Ben Jelloun), 드리스 슈라이비(Driss Chraïbi), 압델라티프 라비(Abdellatif Laâbi)가 주축이 되어 창간한 이 잡지는 1972년에 정부가 강제로 폐간할 때까지 유지되었다. "시와 문학잡지"라는 부제가 보여주는 것처럼, 각각의 문학적 개성을 지닌 필진들은 모로코 문학의 부흥을 기대하며 문학, 예술, 문화 여러 영역의 논의가 이루어지는 장을 마련하고자 했다. 뿐만 아니라, 언어 및 문화 동화, 반(反)제국주의, 문화적 탈식민화 등, 신생국가가 당면한 정치적 의제들을 다루었다. 창간 초기인 66년에서 68년까지 주로 기고를 하였던 카티비는 타하르 벤 젤룬과 더불어 『수플』이 배출한 대표적인 젊은 지식인이라고 할 수 있다. 그는 이 잡지에 게재한 글에서 '민족 문학'을 위해서 '민족의 언어'가 갖는 중요성을 주장하면서도, 프랑스어를 도구로 이를 재창조하여 궁극적으로 고유 언어를 창출하는 방식에 대해 논의한다.[74]

---

[74]   Abdelkébir Khatibi, *Souffles*, N. 10-11, 1968, 『수플』의 탄생 배경과 주요 의제

또한 『수플』의 주요 기조인 '문화적 탈식민화'에 대한 논의는 『복수의 마그레브』의 주요 아이디어의 단초가 되었다. 첫 장인 「탈식민화에 대하여」는 독립 이후에 서구와의 관계 재설정을 모색하면서, "자, 동료들이여, 유럽의 영향은 완전히 끝났고 다른 것(l'autre chose)을 찾아야 한다"[75]고 역설하는 프란츠 파농 인용으로 시작한다. 카티비는 여기서 "다른 것"을 잠정적으로나마 "차이에 대한 놀라운 사유"를 의미하는 "다른 사유(pensée-autre)"라는 용어로 규정한다. 기존의 식민체제에서 벗어나려면 정치, 문화적으로 이에 대한 거리두기가 필요할 것이다. 그렇지만 '다른 사유'를 서구로부터 완전히 벗어나 식민 이전의 모로코 고유의 가치를 추구하는 것으로 볼 수는 없다. 게다가 오랜 기간 서구의 제도와 문화의 영향을 받았던 마그레브가, 정치, 문화, 경제적으로 프랑스로부터 한 순간에 단절되는 것은 현실적으로 가능하지 않다. 카티비는 서구의 유산을 '재앙 아니면 축복'으로 보는 단순한 이분법을 경계하고[76], 프랑스와 마브레브의 상호 교착 관계를 전제로 하여 새로운 모로코 사회를 구상한다.

이러한 맥락에서 카티비는 유럽의 사상과 접속하는 방식에 관심을 두었고, 이를 위해 서구의 형이상학과 모로코 전통의 문제점 모두를 비판하는 "이중비판(double critique)"을 선행한다.

및 카티비와 잡지의 관계에 대한 상세한 논의는 다음 논문을 참고. 진인혜, 「모로코의 범문화적 혁명의 잡지 『수플』 연구」, 『프랑스문화예술연구』, 제68집, 2019.

75 Abdelkébir Khatibi, *Essais 3*, p. 19.
76 Abdelkébir Khatibi, *Essais 3*, p. 9.

서구를 뒤흔들었고, 계속 영향을 미치고 있는 가장 급진적인 사상과 대화를 하며 생각할 거리가 있다. 그 자체로는 가변적인 방식에 따라서 말이다. 우리 눈앞에서 벌어지는 일들에 곧바로 개입하여, 서구의 유산뿐만 아니라, 매우 신학적, 교조적이고 가부장적인 우리의 유산, 이 두 가지 모두를 비판하는 이중 비판에 따라 현실을 변화시키도록 하자. 우리는 초자연적인 신학과 금욕적인 노스탤지어의 끝, 가시적인 것이 드러나는 것만을 믿을 뿐이다. 그것이 바로 이중비판이다.[77]

먼저 서구와의 거리두기는 정치사상과 철학적 사유, 두 가지 차원에서 논의될 수 있다. 카티비는, 60년대에 피식민인들의 자결권과 관련하여 널리 영향을 미쳤던 '제3세계론'과 이와 연동된 프랑스식 마르크스주의가 마그레브의 실정에는 잘 들어맞지 않는다고 판단했다. 제3세계 운동론은 일정 부분 독립운동의 동인이 될 수 있었음에도 불구하고 마그레브의 사회, 문화적 특성에 대한 고려가 미흡하다는 인식이 그러하다. 물론 마그레브 지식인들은 당시 저항운동의 구심점 중 하나였던 프랑스 공산당에 호의적이었으나, 알제리 전쟁에 대한 공산당의 미온적인 태도에 실망했다.[78] 카티비는 공산주의가 근본적으로 유구한 역사를 지닌 서구 형이상학의 도그마와 관련된다는 점을 강조한다. 다시 말해, 차이를 억압하고 동일성을 강화하는 형이상학의 영향은 단순화된 헤겔주의에 근거한 마르크스식 실천철학에서도 발견된다

---

77 Abdelkébir Khatibi, *Essais 3*, p. 10.
78 Abdelkébir Khatibi, *Essais 3*, p. 12.

는 것이다. 주지하다시피 이와 같은 비판은 니체를 계보로 하여 모리스 블랑쇼, 자크 데리다와 같이 서구 형이상학을 해체하고 '차이'의 복구를 강조한 사상가들과 공유하는 관점이다. 앞 장에서 데리다와 카티비의 관계를 간략히 언급한 바와 같이, 카티비는 데리다를 위시한 해체주의 이론을 적극적으로 수용한다. 알리슨 라이스의 지적처럼, 카티비의 탈식민화 기획이 로고스중심주의(logocentrisme)와 에스노중심주의(ethnocentrisme)를 동시에 해체하려는 데리다의 사유와 만난다는 점을 강조한다.[79] 이러한 입장은 카티비가 서구 사상을 전면적으로 거부한 것이 아니라, 차이를 억압했던 서구의 주류 형이상학과 거리를 둠으로써 서구의 이론을 취사선택함을 보여준다. 다시 말해, 우선 서구가 제안한 근대적 가치의 양면성을 충분히 이해하고 이를 경유하여, 이른바 '해체적 사유'라는 서구의 대안적 가치와 자신의 사유를 접목한 것이다.

다른 한편으로 카티비는 이슬람 종교 문화의 구습 역시 강하게 비판한다. 그가 "이슬람 형이상학(métaphysique islamique)"이라 일컫는 사유는 이슬람의 신정정치와 가부장적 문화의 토대이며, 서구 형이상학과 다른 맥락에서 전체주의적이다. 독립 이후 마그레브 국가들은 식민 체제와 단절을 강조하기 위해, 정치와 문화의 원리로 이슬람 전통을 내세워 이를 정책과 제도에 적용하는 경향을 보였다. 하지만 그 결과 보

---

79 Alison Rice, "Translating Plurality: Abdekébir Khatibi and Postcolonial Writing in French from the Maghreb" in *Postcolonial Thought in the French-Speaking World,* edited by Charles Forsdick and David Murphy, Liverpool UP, 2009, pp. 116–117.

수적 이슬람 세력 중심의 단일정당의 폐단, 여성 인권 후퇴 및 전반적인 사회적 통제 강화와 같은 부작용이 발생했다. 그런 점에서 사회적 이데올로기로 기능하는 이슬람 원리주의 역시 독립국가의 대안적 가치가 되기엔 분명한 한계를 지녔다. 그렇지만 자문화에 대한 카티비의 비판적 시각은 독립 이후 권력을 잡았던 이들에게는 서구의 영향력으로부터 완전히 벗어나지 못한 식민적 태도로 비칠 수 있었고, 실제로 이 점은 기득권들이 사회 비판적 지식인의 목소리를 억압하는 구실로 활용되기도 했다.

요컨대 카티비의 '이중 비판'은 '다른 사유'의 추구, 다시 말해 모로코의 진정한 탈식민화의 조건이 된다.[80] 1974년에 집필하고 이후에 『복수의 마그레브』에 재수록한 「사회학의 탈식민화」에서 데리다를 원용하는 카티비는, 해체의 기획에서 탈식민적 사유의 단초를 포착한다. 이러한 생각은 후기 에세이, 『타자의 언어』에서 해체를 일컬어 "서구적 사유를 '탈식민화'하는 급진적 형태"라고 규정한 관점에서도 재확인할 수 있다.[81] 서구의 해체적 사유와 자문화의 특수성을 동시에 고려하는 카티비의 사유의 가장 큰 의의는 서구와 비서구, 프랑스와 모로코, 프랑스어와 아랍어, 근대성과 전근대라는 이분법을 탈피한다는 점이다. 그리고 이 관점이 바로 그의 '복수의 사유, 차이의 사유'의 바탕을 이룬다.

---

80   Abdelkébir Khatibi, *Essais 3*, p. 51.
81   Abdelkébir Khatibi, *La Langue de l'autre*, *Les Mains secrètes*, 1999, p. 24.

2. 『두 언어로 된 사랑』과 "비-랑그(bi-langue)"

특히 언어 문제는 '서구의 말'과 '아랍 세계의 담론' 어느 한쪽에 치우치지 않고, 마그레브도 프랑스도 아닌 제3의 지대를 모색한 카티비의 관점을 심층적으로 보여주는 영역일 것이다. 카티비는 『복수적 마그레브』와 같은 해인 1983년에 출간된 『두 언어로 된 사랑』[82]에서 아랍어와 프랑스어, 양자택일의 이분법을 넘어선 두 언어의 창조적인 만남의 양상을 독특한 형식과 문체로 제시한다. 『복수적 마그레브』는 장별 주제가 비교적 명확하게 구성된 사회학적 에세이인 데 반해, 『두 언어로 된 사랑』은 주제와 형식면에서 혼성적인 텍스트이다. 작품은 제사(exergue)로 시작하여 긴 본문이 이어지고 에필로그로 마무리되는데, 2부로 구성된 본문의 각 부는 '*' 표시를 통해 여러 부분으로 분할된다. 그렇지만 파트 구분의 논리적 개연성이나 중심 주제의 변화가 불분명하고 짧은 단상들이 나열된다. 모호한 시공간 배경, 갑작스럽게 등장하는 이미지들, 잠언적인 문체를 고려한다면, 작품은 형식과 문체면에서 서정적인 산문시의 성격이 두드러지는 이야기(récit)라고 할 수 있다.

세부적으로는 종잡을 수 없는 이야기 전개에도 불구하고, 작품을 관통하는 중심 테마는 바로 아랍어와 프랑스어, 두 언어의 만남이다. 그리고 작품의 혼성적 기법은 언어 간 만남의 성격을 흥미롭게 예시하는 것으로 보인다. 제목이 시사하는 바와 같이, 카티비는 남녀의

---

82 본 장에서는 다음의 판본을 활용한다. Abdelkébir Khatibi, *Roman et récits*, Différence, 2008.

만남과 연애에 빗대어 이중 언어 화자의 문제를 다룬다.[83] 언어를 환유하는 남녀 인물의 관계, 즉 언어의 "분신들의 무대술(la scénographie des doubles)"이 이야기의 중심을 이룬다. 남자의 모국어는 아랍어이고 그는 프랑스어를 쓰고 말할 줄 안다. 그리고 프랑스 여자를 향한 남자의 시선에서 시작되는 사랑이야기에서, 여자, 바꿔 말해 프랑스어는 이질적이면서도 매혹적인 존재, 남자의 마음을 단박에 사로잡는 "미친 언어(la langue folle)"로 묘사된다. 작품 첫 장인 「제사」에 등장하고, 본문에서도 간헐적으로 나오는 바다와 밤에 관한 묘사가 프랑스어의 강렬한 존재감을 제시한다. 특히 파도 소리가 명징하게 들리는 고요하고 깜깜한 밤에 '죽음(la mort)'과 '말(le mot)', 이 두 단어의 발음의 유사성은 프랑스어의 음성적 매력을 뒷받침한다.[84]

그런데 남자는 여자에게 프랑스어로 사랑을 표현할 수 있지만, 여자는 남자의 언어를 전혀 모른다. 게다가 남자의 프랑스어는 아랍어의 관계 속에서 형성된 프랑스어이므로 여자에게 익숙한 본토 프랑스어와는 사회적 맥락, 억양 등이 동일하지 않다. 그렇다면 이러한 한계 안에서 두 사람이 서로 온전히 사랑한다는 것은 과연 가능한 일일까. 남자의 모국어를 이해하지도, 말하지도 못하는 프랑스인 연인은 남자와 진정한 소통을 할 수 있을까. 다시 말해 두 언어의 결합은 진정 실현가능한가 하는 질문이 제기된다. 카티비는 이러한 '불가능한 사랑 이야기'가

---

83   Abdelkébir Khatibi, *Roman et récits*, p. 208.
84   Abdelkébir Khatibi, *Roman et récits*, p. 207.

아랍어와 프랑스어의 관계를 흥미롭게 제시한다고 보았고, 두 언어 어디에도 속하지 않는 지대를 "비-랑그(bi-langue)"라는 단어로 설명한다.

> 난공불락의 사랑. 외국어는 줄곧 번역을 넘어서서 무한한 힘을 발휘하여 자기 안으로 후퇴할 수 있다. 그는 자신이 두 언어의 중간에 존재한다고 생각한다. 중간으로 다가갈수록 나는 거기에서 더 멀어진다.
> 　이방인, 나는 이 땅과 그 아래에 있는 모든 것에 몰두해야 한다. 언어는 누구에게도 속하지 않는다. 어느 누구에게도 말이다. 그리고 누군가에 대하여 아무 것도 모른다. 나는 모국어로 입양된 아이처럼 자라지 않았던가?[85]

여기서 '비랑그'는 실체가 분명한 대상을 지칭하는 개념어는 아니다. 이것은 두 언어 사이의 불안정하고 규정 불가능한 비(非) 공간을 가리키는 표현으로서, 아랍어와 프랑스어 어디에도 완전히 속하지 못하는 남자의 언어를 설명하기 위한 '유사-개념' 정도로 이해할 수 있을 것이다.

그런데 인용문에서 "난공불락의 사랑"이라는 표현처럼, 외국어로 진정한 사랑을 하는 것은 원천적으로 불가능한 일이다. 모국어로 온전히 번역될 수 없는 외국어는 마치 계속 달아나는 탈주자와 같아서 궁극적으로 남자가 프랑스어를 소유하는 것은 불가능하다. 그래서 프랑스어를 구사할 수 있으나 프랑스어가 모국어는 아닌 남자는 프랑스어

85　Abdelkébir Khatibi, *Roman et récits*, p. 208.

의 "입양아"로 비유되었다. 또 다른 대목에서는 "외국어에서 태어나 사생아 중 하나로 자랐다"고 표현되기도 했다.[86] 이는 알제리 프랑스어 작가인 아시아 제바르가 프랑스어를 "계모의 언어"로 표현한 것과 유사한 맥락에서 이해할 수 있다. 제바르에게 프랑스 학교에서 배운 프랑스어는 결과적으로는 유일한 창작의 언어가 되었지만, 작품 속에서 모국어인 아랍 구어를 통해서만 표현가능한 음성과 정서는 누락될 수밖에 없었다.[87]

어느 쪽 언어 환경에도 전적으로 속하지 못하는 남자는 자아의 이분화를 경험한다. 그리하여 카티비는 언어의 총체적 의미를 제공하는 랑그와 대조적으로, 비-랑그로 인한 분리의 감각과 상실감을 강조한다.

> 그는 이렇게 말할 것이다. 랑그는 내게 말의 총체성을 선사했고, 비-랑그는 내 안에서 말의 분열을 제공하였다고. [...] 나의 이름은 두 언어로 불리운다. [...] 이러한 방향에 따라 이름 없음에 대해 말하면서, 몸은 단절과 분출을 경험한다.[88]

카티비는 두 언어 사이를 지속적으로 오가는 이분화된 경험을 "시뮬라크르(simulacre)"란 개념으로도 설명한다. 흔적이 늘 지워져서 언어 경험을 하지 못하는 것으로 인지하는 자아는 자신의 존재를 의심하고, 이와 관련한 일련의 경험을 '존재하는 비존재'라고 할 수 있는 시뮬

86　Abdelkébir Khatibi, *Roman et récits*, p. 220.
87　Assia Djebar, *L'amour, la fantasia*, Albin Michel, 1995, p. 297.
88　Abdelkébir Khatibi, *Roman et récits*, p. 247, p. 257.

라크르로 표현하는 것이다.[89] 게다가 어떤 존재를 사랑하는 행위가 대상의 몸과 언어를 온전히 사랑하는 것이라면, 모국어로 사랑을 나누지 못하는 상실감은 이중언어의 매개인 몸의 양상으로 드러난다. 그래서 이 저서에서는 몸의 총체성을 약화시키는 '상처'나 '절단'과 관련한 이미지가 빈번하게 등장한다.[90] 이러한 이미지는 카티비의 이후 저서에서도 전개되는데, 예를 들어 『피의 책』, 『문신 새긴 기억』에 등장하는 "잘린 목", "잘린 손", "몸의 모든 부분의 극심한 혼란", "분할된 몸"과 같은 표현은 이질적인 존재들의 만남이 야기하는 파괴력을 나타내고 있다. 또한 결핍과 훼손은 정서적인 차원으로도 표현된다. 『두 언어로 된 사랑』에서 남자는 무기력, 기진맥진한 상태, 기억상실증을 겪는다. 이와 관련하여 미모주 후이즈는 불완전한 사랑 때문에 이상적인 사랑을 질투하는 남자의 감정을 특히 강조한다.[91]

이와 같은 언어 소외 양상은 남자가 다마스쿠스에서 청각장애인 커플을 관찰하는 다음의 장면에서 극적으로 제시된다.

순수한 것에서 불순한 것을, 양성성에서 매음을 번역하는 것은 스스럼없이 겪어야만 하는 모험이었다. 그는 이 나라에서 저 나라로, 한 몸에서 다른 몸으로, 한 언어에서 다른 언어로 떠돌아다녔다. 그리고 난 때로 고통에 빠졌다. 언젠가 다마스쿠스의 한밤중

89 Abdelkébir Khatibi, *Roman et récits*, p. 239.

90 Abdelkébir Khatibi, *Roman et récits*, p. 207.

91 Bernadette Rey Mimoso-Ruiz, «Abdelkébir Khatibi: Amour bilingue ou la passion tourmentée», *Ecrivains du Maroc et de Tunisie*, Vol.2, 2017, pp. 5-6.

에 어느 카페에서 겪은 나의 외로움에 대해 너에게 이야기하겠다. 난 내내 동요된 상태였다. 내 앞에는 청각 장애인 소년과 소녀가 있었고, 그들은 수어로 대화하고 있었다. 손은 춤을 추는 것 같았다. 그토록 놀라운 사랑 장면은 나의 고통을 덜어주었다.[92]

일반적으로는 소통의 한계를 겪는다고 여겨지는 청각장애인의 대화를 남자는 오히려 이상적으로 간주한다. 자신이 이중언어화자로서 겪는 소외와 몸의 고통과는 달리, 청각장애인의 수어는 춤으로 비유되어 멋진 사랑의 장면을 형성한다. 남자에게 문자 언어와 구어가 대화 가능성을 차단하는 반면, 소년, 소녀의 몸의 언어는 문자 언어의 한계를 초월하는 것이다. 남자는 이후 대목에서 수어를 배워서 자기 이야기를 수어로 옮기고 싶다고까지 고백한다.[93] 이처럼 카티비에게 비-랑그는 이중언어화자가 겪는 소통의 한계, 사랑의 불가능성을 확인시켜 준다.

3. 사랑의 불가능성에서 소외의 극복으로

그렇지만 『두 언어로 된 사랑』은 비-랑그를 항구적인 소외를 겪는 부정적인 관점에서만 다루지 않는다. 비-랑그는 불가능한 사랑을 추구하는 과정에서 생산되는 어떤 가능성 역시 제시한다.

---

92 Abdelkébir Khatibi, *Roman et récits*, p. 221.
93 Abdelkébir Khatibi, *Roman et récits*, p. 222.

비-랑그라고? 나의 행운이고, 심연이며 기억상실의 대단한 에너지이다. 이 에너지를 내가 결핍으로 느끼지 않는다는 것이 흥미롭다. 비-랑그는 결함이 아니라 나의 제 3의 귀일 것이다.[94]

아랍어와 프랑스어의 배타적인 관계에도 불구하고, 카티비는 언어적 소외와 이로 인한 미확정적 정체성을 창조의 가능성으로 보았다. 모국어와 외국어 바깥에 존재하는 언어는 끊임없는 번역을 요청하는 미완의 의미를 담고 있다. '제 3의 귀'는 그러한 언어를 새롭게 듣고 체험할 수 있는 잠재력을 지니고 있다. 벤스마이어는 '제 3의 귀'를 일컬어 "행간 사이를 읽을 뿐만 아니라, 페이지 전체를 관통하는 것을 읽는 능력"이라고 설명한다.[95] 이러한 능력을 지닌 사람을 카티비가 사용한 용어를 활용하여 설명하자면 "전문 이방인(l'étranger professionnel)"이라고 할 수 있다. 이 사람은 자신이 누구이고, 어디서 와서 어디로 가는지는 정확히 모르지만, 차이에 열려 있으며 언제나 타자를 만나길 원하는 자이다.[96] 그렇다면 이 만남은 '다른 사유'을 위해 열린 공간의 조건이 될 수도 있다.

카티비의 이론적 논의는 다문화, 다언어의 만남이 다채롭게 등장하는 마그레브 프랑스어 문학 텍스트를 통해 구체적으로 이해해 볼 수 있다. 아시아 제바르의 소설집, 『오랑, 죽은 언어』에 수록된 중편소설

---

94 Abdelkébir Khatibi, *Roman et récits*, p. 208.

95 Réda Bensmaïa, *Experimental Nations, or the Invention of the Maghreb*, Princeton UP, 2003, p. 104.

96 Abdelkébir Khatibi, *Roman et récits*, p. 65.

인 「펠리시의 시신」[97]은 "프랑스와 알제리 사이에서"라는 부제를 단 2부에 속하는 작품으로서 알제리 남자와 프랑스 여자의 결혼을 통한 문화, 종교, 언어의 만남을 다룬다. 특히 '이름'으로 드러나는 알제리와 프랑스의 만남, 자녀들의 정체성 문제를 효과적으로 제시한다. 프랑스 여자 펠리시와 알제리 남자 모하메드는 알제리에 거주하면서 8남매를 낳고 50년 이상 평탄한 결혼생활을 해왔다. 프랑스 군대의 하사였던 남편이 프랑스어를 구사할 수 있는 데 반해, 프랑스 여자는 아랍어를 거의 할 줄 모른다. 소설은 노환으로 혼수상태에 있는 펠리시를 돌보는 자녀들의 감정과 어머니와의 추억, 그리고 어머니의 죽음 이후에 펠리시의 시신을 안치할 장소 논의가 이야기의 중심을 이룬다. 총 4장으로 구성된 소설에서 3장을 제외하고, 자녀들의 이름이 각 장의 소제목으로 쓰이고 해당 인물이 장의 서술자를 맡는다(I- 아르망/카림, Ⅱ- 우르디아/루이즈, Ⅳ- 카림/아르망). 이렇게 이슬람식 알제리 이름과 기독교식 프랑스 이름의 병기는 알제리 남자와 프랑스 여자의 결혼을 통한 두 문화, 두 종교, 두 언어의 만남을 드러내고, 자녀들의 복합적 정체성의 출발점이 된다. 이들은 '프랑스-알제리인', '무슬림-기독교도', '유럽-아랍인'처럼 "연결 부호(trait d'union)"로 불리는 불확정적 상황에 놓여 있다.

그런데 당신[펠리시]은, 우리 각자가 씁쓸함, 불확실성 아니면 희망 속에서 비틀거리며 두 이름, 두 나라(어떤 나라는 부정하고 어떤 나라는 받아들이는), 부재하거나 내용 없는 빈 두 종교, 마찬

---

97   Assia Djebar, «Le corps de Félicie», *Oran, langue morte*, Actes Sud, 1997.

가지로 두 나이(어머니 앞에서는 언제나 아이이지만 거의 나이가 든)로 나뉘어 있음을 본다.[98]

그리고 절반은 알제리에서, 절반은 프랑스에서 살고 있는 펠리시의 자녀들이 자기정체성을 이해하는 방식은 모두 다르며, 각자의 방식으로 갈등과 선택을 겪는다. 예를 들어 막내딸 우르디아/루이즈는 신분증에 표기된 두 가지 이름 때문에 "경계"에 던져진 것 같은 혼란을 느끼는 것에 항상 불만을 가졌다.[99] 즉 그녀에게 이름 사이의 연결부호는 '분리선(trait de désunion)'일 뿐이다. 결국 우르디아/루이즈는 두 가지 이름을 붙일 바에야 차라리 절충하여 왜 아랍식 이름인 '루이자'(Louisa)라고 정하지 않았는지 어머니에게 원망을 표현한다. 반면 오랑에서 결혼생활을 하던 큰 딸 마리-카디자는 목욕탕을 운영하는 부유한 남편이 두 번째 부인을 두려고 하자 이혼을 하고 동생 카림과 함께 프랑스로 온다. 곧바로 두 아들도 프랑스로 데려온 뒤 첫사랑과 결혼을 한 마리는 알제리 생활과 완전히 결별한다는 의미에서 '카디자'라는 이름을 말소한다. 이렇게 우르디아와 마리는 자신의 의지에 따라서 프랑스와 알제리의 결합을 나타내는 이름을 적극적으로 거부하거나 선택하는 방식을 통해 정체성을 탐색한다.

그중에서도 큰 아들의 이야기는 어떻게 프랑스와 알제리, 양자택일의 문제에 갇히지 않는가를 보여주는 가장 흥미로운 사례일 것이다. 4장

---

98 Assia Djebar, «Le corps de Félicie», p. 271.
99 Assia Djebar, «Le corps de Félicie», p. 294.

아르망/카림과 1장 카림/아르망 부분이 작품의 많은 분량을 차지하고 (총 135쪽 중 100쪽) 소설 전반에서 이 인물이 중심 서술자임을 보았을 때, 카림의 일화는 작가의 생각을 가장 잘 반영하는 경우로 볼 수 있다. 평소 우르디아에게 '파리지앵'으로 여겨졌던 오빠인 '카림-아르망', '아르망-카림'이 아랍어를 완벽하게 구사하는 모습이 여동생에게 새삼 낯설게 비춰지는 반면에,[100] 어머니의 시신을 알제리로 송환하는 문제를 논의하기 위해 프랑스 주재 알제리 관련부처 담당자와 이야기를 나눌 때에는 이민자 '알제리인 카림'의 시선이 두드러진다. 출생 당시에 장남에게 반드시 이슬람식 이름을 지어주고 싶었던 아버지는 '카림'이란 이름을 고수했으나, 어머니 역시 프랑스식 이름을 포기할 수 없었으므로 아들의 이름은 프랑스와 알제리의 긴장을 가장 팽팽히 보여주는 경우이다. 결국 프랑스 이름이 뒤에 오는 것이 항상 껄끄러웠던 펠리시는 아들을 카림도 아르망도 아닌 "티티(Titi)"라는 애칭으로 부르기를 즐겼다.[101] 국가적, 종교적, 문화적 지표가 드러나지 않는 이 이름은 펠리시의 입장에서는 남편과 노골적인 갈등을 야기하지 않으면서 이슬람식을 피할 수 있는 방법이었고, 당사자에게도 선택의 강요에서 벗어난다는 이점을 지녔던 것이다. 또한 펠리시의 어설픈 아랍어 발음과 모하메드의 프랑스어 구사 역시 이 작품에서 두 언어의 관계가 만들어내는 독특한 제3의 지대를 보여주고 있다. 프랑스어와 아랍어 이중언어 화자인

---

100 Assia Djebar, «Le corps de Félicie», p. 299.
101 Assia Djebar, «Le corps de Félicie», pp. 252-253.

카림/아르망의 눈에, 아버지는 아랍어를 말할 때는 매우 고상하지만, 프랑스어 발음은 마치 말단 직원처럼 어설프게 여겨졌다. 그렇지만 모하메드가 애정을 담아 펠리시의 이름을 부를 때의 프랑스어는 그러한 한계를 극복한다. 또한 아랍어를 모르는 펠리시가 남편의 이름을 "모(Moh)"라고 부르는 장면은 두 사람 사이의 거리감과 이를 뛰어넘는 애정을 동시에 보여주는 순간이다.[102]

무엇보다 이 소설에서 프랑스와 알제리의 관계를 보여주는 가장 극적인 장면은 아랍어와 프랑스어가 역사의 대치 상황에서 결정적인 역할을 수행한 사건일 것이다. 축제 분위기가 한창인 독립 직후, 1962년 7월 5일 오랑에서는 프랑스에 대한 반감이 극에 달해, 프랑스인은 물론 유럽인, 유럽식 복장을 한 아랍인들, 피부색이 밝은 아랍인들이 무차별적으로 학살된 '오랑 학살'이 벌어졌다. 알제리인들과 함께 기쁨을 만끽하려고 거리로 나간 펠리시 역시 보복학살에 휘말려 죽을 위기에 처한다. 그런데 그녀를 공격한 남자가 펠리시의 목을 칼로 찌르려는 순간, 펠리시는 남편이 결혼기념일 선물로 준 목걸이 펜던트에 쓰인 쿠란 구절 덕분에 다행히 목숨을 건질 수 있었다.[103] 펠리시는 아랍어를 한 단어도 정확하게 발음하지 못했고, 매주 미사에 참례하는 가톨릭 신자로서 남편의 종교로 개종하지 않았으며, 목걸이에 새겨진 쿠란의 의미 역시 전혀 몰랐다. 그런 점에서 종교적인 의미와 무관하게 순전히 남

---

102   Assia Djebar, «Le corps de Félicie», p. 277.
103   Assia Djebar, «Le corps de Félicie», p. 340.

편에 대한 애정의 표시로 착용한 목걸이가 부적 역할을 한 것은 지시적 기능을 넘어선 언어의 힘을 보여주는 사례라고 할 수 있다. 펠리시가 배우자 군인 연금으로 알제리 독립운동가의 물품 구입을 도와주었던 것이나, 남편이나 자식이 프랑스군에게 고문당하거나 체포된 이웃 부인들을 프랑스어로 위로하는 장면[104]은 목걸이 사건에 대응되는 일화로서, 언어의 장벽을 넘어서서 펠리시의 선한 성품을 보여주는 사레이다.[105] 물론 당시 백만 명 정도이던 피에 누아르 공동체에 속하지 않았던 펠리시 역시 식민지 알제리 사회의 경계인일 것이다. 그렇지만 인생 대부분의 시간을 알제리인 남편과 알제리에서 보낸 펠리시가 이웃들에게 보여준 진심과 호의는 언어의 장벽을 넘어설 수 있게 했다.

펠리시가 세상을 떠나자, 부모가 지어준 두 개의 이름에 대해 다양한 입장을 지닌 펠리시의 자녀들은, 이제 자신들이 어머니의 이름을 지어야 하는 상황에 직면한다. 그러나 어머니의 시신을 안치할 장소를 두고 자녀들과 손자들 간에는 의견이 나뉘었다. '프랑스인' 어머니를 고향에 두어야 한다는 입장 중에서 특히 어머니가 이슬람 신자가 되는 것을 부당하게 여긴 마리의 반대가 극심했다. 결국 인생 대부분의 시간을 알제리에서 남편과 행복한 결혼 생활을 한 어머니를 알제리로 모시기로 결론이 모아졌다. 문제는 베니 라쉐드에 있는 아버지 곁에 안치하기 위해서는 이슬람 신자임을 공표하는 아랍식 이름이 필요하다는 점

---

104 Assia Djebar, «Le corps de Félicie», pp. 254-255.
105 Assia Djebar, «Le corps de Félicie», p. 255.

이다. 시신의 알제리 안치에 부정적인 입장이었던 카림은 기독교력에서 유대인, 기독교도, 무신론자 모두가 사용하는 이름 중에서 가톨릭 식이 아닌 유일한 이름인 아미나(Amina)를 제안하기도 했다.[106] 특히 이 부분에서 카림의 말과 행동이 서술될 때 주로 "티티"로 언급된 점은 앞서 논의한 것처럼, 카림과 아르망 어느 쪽에도 치우치지 않는 서술자의 시각을 대변한다. 펠리시는 결국 야스미나 밀루디(Yasmina Miloudi)가 되어 알제리로 돌아가게 된다. 소설의 마지막 부분에 등장하는 야스미나 밀루디의 상상적 목소리는, 그녀가 알제리와 프랑스 사이에서 타협점을 찾아 조화로운 정체성을 형성했음을 제시하고 있다.

이처럼 제바르 소설 속 펠리시와 자녀들의 이야기는 카티비가 제안한 비-랑그의 생산적 경험을 효과적으로 예시하고 있다. 대립적으로 보이는 언어, 문화적 요소들이 하나의 실체로 합병되지 않은 채 공존하는 새로운 공간을 형성하는 것이다. 로젤로가 적절히 평가한 바와 같이, 두 언어의 수행적 만남이 만드는 긴장감이 바로 비-랑그 공간의 특징이며, 이것은 "고정되지 않고 규정되지 않은 비공간(non space)"이다.[107] 이처럼 카티비는 이분법적 사유에 기반한 변증법적 종합과는 다른 차원에서 두 언어와 문화의 새로운 공간을 모색한다.

---

106 Assia Djebar, «Le corps de Félicie», p. 255.
107 Assia Djebar, «Le corps de Félicie», p. 309.

2부
자전적 소설과 언어 정체성

1장

알베르 멤미, 『소금 기둥』 연구[1]

1. 멤미의 자전적 소설과 유대인의 삼중의 정체성

튀니지 유대인 사상가이자 문학가인 알베르 멤미의 첫 작품인 『소금 기둥』[2]은 프랑스 보호령 하의 튀니지에서 생활한 서술자의 유년기부터 청년기 초입의 자전적 경험이 서술된 소설이다. 작품에는 행복한 유년시절을 보내던 예민한 소년이 식민체제에서 인종적, 계층적 위치를 인식하면서 타인의 인정과 거부를 경험하고, 더 나아가 자신을 둘러싼

---

1   이 장은 『불어불문학연구』(123호, 2020)에 게재한 논문, 「튀니지 유대인의 삼중의 정체성: 알베르 멤미(Albert Memmi)의 『소금 기둥 La statue de sel』 연구」를 토대로 한 것이다.

2   Albert Memmi, *La statue de sel* (1953), Gallimard, 1972.

세계와 불화를 겪으면서 파편화되는 자아의 양상이 서술된다. 비슷한 시기에 출판된 물루드 페라운의 『빈자의 아들』[3], 모하메드 딥의 『큰집』[4] 역시 식민지 알제리의 유년기와 청소년기의 자전적 경험을 서술한다. '작가-1인칭 서술자'의 구체적인 체험과 표현 방법, 자전적 요소가 반영된 정도는 작품마다 다르지만, 식민체제가 이 작품들의 핵심적인 모티프라는 점은 공통적이다.[5] 주지하다시피 북아프리카에서 1인칭 자전적 서사는 매우 이질적인 장르이다. 서구 문학에서는 기독교 고백 서사 전통에서 유래한 자전적 글쓰기가 익숙한 장르인 반면에, 마그레브 무슬림 전통에서 1인칭 자아의 고백은 종교적, 문화적 금기로 여겨졌기 때문이다.[6] 그런 점에서 마그레브 프랑스어 근대 문학 형성기에 특징적으로 등장하는 자전적 글쓰기는 형식과 표현의 측면에서 서구 문학의 영향 하에, 식민체제가 자아 정체성의 형성과 타자와 세계의 인식에 미친 영향을 제시하는 효과적인 방식이라고 할 수 있다.

막심 드쿠의 평가처럼, 이 작품은 세계의 부조리를 인지한 자아의

---

3   Mouloud Feraoun, *Le fils du pauvre*, Le Puy, 1950.

4   Mohammed Dib, *La grande maison*, Seuil, 1952.

5   Alfred Hornug, Ernstpeter Ruhe, (éd.) *Postcolonialisme et Autobiographie*, Rodopi, 2004, p. 12.

6   이슬람 문화에서는 쿠란을 주해하는 종교적 서술과 집단을 대표하는 충실한 신자가 신앙심을 고백하고 성인(聖人)을 찬양하는 시(詩)가 보편적인 문학 장르였고, 개인의 사적 고백은 종교, 문화적으로 이질적인 행위였다. 그렇기 때문에 "내적 탐구(introspection intime)"나 "자아중심주의(égocentrisme)"는 매우 낯선 개념이었으나, 서구의 근대적 가치의 유입과 함께 개인에 대한 관심이 확대되었다. Jean Déjeux, *La littérature féminine de langue française au Maghreb*, Paris, Karthala, 1994, pp. 66-68.

불확정성을 제시하고, 인물의 변화의 욕구를 담고 있다는 점에서 당대 실존주의 철학이 멤미에게 끼친 영향을 잘 보여준다.[7] 주인공은 정체성의 모호함을 체감하면서 실존적 상황을 인식하는데, 이는 다양한 언어 및 문화의 긴장과 갈등 관계를 통해서 제시된다. 소설 초판의 서문에서 알베르 카뮈는 멤미를 일컬어 "프랑스인도 튀니지인도 아닌 튀니지의 프랑스 작가이며", "구체적으로 규정하는 것이 불가능한, 프랑스 문화의 튀니지 유대인"이라고 설명한다.[8] 인물의 이름은 소거법이나 부정법으로 표현되는 '작가-서술자'의 모호한 정체성을 단적으로 제시한다.

> 내 이름은 모르데카이, 알렉상드르 베닐루슈이다. 아! 동료들의 빈정대는 미소! [...] 그 후로 내 이름만 발설되도 맥박이 빨라지고 창피했다.
>
> [...] 나는 항상 알렉상드르 모르데카이, 알렉상드르 베닐루슈, 식민지의 토착민, 반유대주의 세상의 유대인, 유럽이 득세하는 세계의 아프리카인으로 남아 있을 것이다.[9]

서구를 선망하는 부모님의 마음이 담긴 '알렉상드르', 유대인을 나타내는 '모르데카이', 베르베르 혈통을 의미하는 '베닐루슈', 이름을 구성하는 세 가지 요소 모두 인물에게는 부끄러움과 열등감을 부추긴다.

---

7 Maxime Decout, "Albert Memmi: Portrait de l'écrivain colonisé en *Statue de sel*", *Revue d'Histoire littéraire de la France*, No.114, 2014, p. 901.

8 Albert Memmi, *La statue de sel*, 「서문」, p. 9.

9 Albert Memmi, *La statue de sel*, p. 107, p. 109.

이후에 상세히 논의하겠지만, 인물의 기저에 늘 존재하는 타자 선망, 열등감, 자기혐오는 모국어와 프랑스어 등 언어와 연관된 프랑스 문화, 유대 문화, 무슬림 문화에 대한 인식과 관계된다. 다시 말해, 소설에서 언어와 문화는 인물의 무기력과 불안을 야기하는 계기임에 분명하다.[10] 특히 식민체제로 인한 다언어 상황에서 유대인의 정체성은 피식민인의 언어, 문화적 갈등을 더욱 복합적으로 만든다.

멤미의 소설과 사상서의 긴밀한 관계에도 불구하고, 멤미 연구는 '탈식민주의'나 '인종주의'와 관련한 사상서가 중심을 이루는 경향이 강하다. 물론 기존의 멤미 문학 연구는 이 소설을 피식민인의 대표적인 자전적 글쓰기로 논의하고, 인물의 복잡한 정체성을 형성하는 핵심적인 요소로 언어와 문화의 중요성을 다룬다. 그렇지만 상대적으로 인물의 유대성(judéité)은 심층적으로 논의되지 못했다. 또한 이 소설을 멤미의 이후 작품을 이해하는 단초로 적극적으로 분석하는 작업이 더 이루어질 필요가 있다. 그런 점에서 언어와 문화가 인물의 정체성과 맺는 관계를 중심으로 작품을 고찰하는 작업은, 그의 후속작에 지속적으로 등장하는 언어와 문화적 차이 문제를 이해하는 데 필수적일 것이다. 예컨대 1955년에 출판된 소설 『아가르』[11]는 튀니지 유대인 의사 아브라함과 알자스 출신 가톨릭 신자인 프랑스인 마리의 결혼 생활에서 벌어

---

10 Claudia Esposito, "Écrire l'écart: Albert Memmi et l'impossible nécessité de traduire", *The French Review*, Vol.85, No.2, 2011, p.298.

11 Albert Memmi, *Agar* (1955), Gallimard, 1984.

지는 종교, 언어, 일상 문화의 갈등을 다루며, 세 번째 소설인 『전갈 혹은 상상의 고백』¹²은 네 인물의 독립된 이야기가 얽혀 새로운 이야기로 갱신되는 전갈의 모호한 정체성이 작품의 중심을 이룬다. 문학 작품 뿐만 아니라, 탈식민 이론의 고전으로 평가되는 『식민자의 초상에 뒤이은 피식민자의 초상』¹³에서 분석한 식민체제와 이중언어의 관계부터 『유대인의 초상』¹⁴과 『유대인과 아랍인』¹⁵에서 천착했던 유대인 문제에 이르기까지, 『소금 기둥』은 멤미의 사상서에 개진된 사유의 단초를 담고 있는 '길잡이 텍스트'로 평가할 수 있을 것이다.¹⁶

이와 같은 맥락을 고려하여 이 장에서는 식민지 튀니지에서 프랑스어와 문화를 습득한 유대인의 '삼중의 정체성'을 분석하고자 한다. 먼저 식민체제로 인한 이중언어사용이 문화적, 언어적 위계질서를 생산하는 양상과, 이것이 어떻게 모국어에 대한 열등감을 일으키는지 발음구사력과 어머니의 춤에 대한 인물의 태도를 살펴보자. 알렉상드르가 유년기를 보낸 골목길(L'Impasse)은 매우 가난한 유대인들의 게토와 골목 하나를 사이에 두고 있는 유대인 거주지역이다. 그는 이곳에서 넉넉한 살림은 아니었지만, 부모님의 보호 속에서 어린 시절을 보냈다. 인물

---

12 Albert Memmi, *Le scorpion, ou la confession imaginaire*, Gallimard, 1969.
13 Albert Memmi, *Portrait du colonisé, précédé du portrait du colonisateur* (1957, préface de J.-P. Sartre), Gallimard, 1995.
14 Albert Memmi, *Portrait d'un juif*, Gallimard, 1962.
15 Albert Memmi, *Juifs et arabes*, Gallimard, 1974.
16 Joëlle Strike, *Albert Memmi: autobiographie et autographie*, L'Harmattan, 2003, p. 23.

이 골목길과 유대인 연합(L'Alliance)이 속하는 좁은 사회에서 벗어나 진정한 의미에서 '세계에 진입'한 것은 프랑스 고등학교에 입학하면서부터다.[17] 식민지 튀니지에서 토착민들이 상급학교에 진학하는 비율은 매우 낮았고, 알렉상드르의 가족과 친인척을 통틀어도 그가 최초였다. 게다가 성적 장학금 덕분에 알렉상드르가 학업을 계속하게 된 것은 사회적 지위 상승의 기회임이 분명하다. 그는 초등학교에 입학하면서부터 친구들과의 인종적, 계층적 차이를 감지했고, 여러 지역 출신의 유럽인, 다른 계층의 유대인, 아랍인들을 만나면서 본격적으로 타인과의 차이를 인식하기 시작한다. 이때 고교 시절 이야기가 시작되는 2부의 제목이 "알렉상드르 모르데카이 베닐루슈"라는 점이 흥미롭다. 1부에서 1인칭 서술자의 이름은 단 한 번도 언급되지 않다가, 2부 첫 문장("나는 모르데카이, 알렉상드르 베닐루슈이다.")에 처음으로 등장한다. 그렇기 때문에 독자들은 순간적으로 1부의 인물과 알렉상드르가 동일인을 알아채기 어렵고, 1부에 서술되었던 유년기 '나'를 갑자기 낯설게 느낄 수 있다. 이러한 기법은 인물의 정체성 인식과 관련하여 2부가 소설의 새로운 시작을 강조하는 효과를 만든다.

앞서 간략히 언급한 바와 같이, 이름이 예시하는 삼중의 정체성은 인물의 내적 갈등의 근본 원인이 된다. 식민지 프랑스 학교에 다니는 알렉상드르는 프랑스인과 프랑스어에 대한 명확한 표준을 인식하고 있다. 그래서 자신의 프랑스어 능력과 자신을 동일시함으로써, 기준에 미

---

17 Albert Memmi, *La statue de sel*, p. 98.

치지 못하는 자신의 언어에 열등감을 느끼고, 심한 경우 이것은 자기 부정으로까지 이어진다.[18] 프랑스 학교의 수업시간은 알렉상드르의 '언어 투쟁'이 가장 잘 드러나는 장소이다. 그가 문학 시간에 사투리 어휘, 학생들의 은어, 속어 등을 섞어 알프레드 드 비니에 대한 발표를 하자, 선생님은 내용은 칭찬하면서도 그가 구사한 언어를 "수위(守衛)의 언어"라고 폄하했다.[19] 일반적으로 읽고 쓰는 능력은 구사자의 지적 능력과 노력을 통해 어느 선까지는 개선될 수 있는 데 반해, 토착 발음의 흔적이 전혀 드러나지 않도록 외국어 발음을 하기는 매우 어렵다. 알렉상드르는 유대인들이 사용하는 튀니지 사투리가 섞인 자신의 프랑스어 발음에 항상 스트레스를 받았고, 특히 'r' 발음은 조롱의 대상이 되었다.

서구 문화의 두 번째 세대인 부유한 이 유대인들은 다른 사람들처럼 유대인 빈민가 발음을 놀렸고, 가스통을 가스탕으로, 샹송을 샹상으로, 사방을 사봉으로 발음하면서 장난으로 콧소리 옹과 앙을 뒤섞어 나를 화나게 했다. 남들의 시선에 거북해진 나는 r 발음을 굴려보지만, 파리가 프랑스에 부여한 프랑스어의 불가능한 'r'을 발음하지 못했다. 나는 노력했고, 정확한 소리를 찾을 때까지 계속해서 'r'을 목구멍에서 발음해 보겠다고 수천 번 결심했다. [...] 내가 집중하여 목소리를 가다듬으면, 나를 놀리고 내 흉내를 냈다.
"당신은 독일인처럼 '프캉스어'를 말캅니다."[20]

18 Albert Memmi, *La statue de sel*, p. 126.
19 Albert Memmi, *La statue de sel*, p. 126.
20 Albert Memmi, *La statue de sel*, pp. 119-120.

프랑스어 고유의 'r' 발음은 프랑스인 친구들과 자신을 구분 짓는 결정적인 요소이다. 이것은 문화 자본을 소유한 부유한 친구들에 대한 계층적 열등감과 결합되어 알렉상드르에게 지속적으로 열등감을 심어 주었고, 자신이 아무리 노력해도 완벽하게 발음할 수 없다는 것을 깨닫고 좌절할 수밖에 없었다. 프란츠 파농은 『검은 피부, 하얀 가면』[21] 1장 「흑인과 언어」에서 식민체제로 인해 이식된 외국어 발음구사력이 일종의 상징권력으로 작동하는 사례를 분석한다. 앤틸레스 흑인은 집안에서 크레올어를 사용하지 못하게 하고, 학교에서도 크레올어를 경멸하도록 배웠다. 그가 식민본국에 도착하여 프랑스어 'r'을 최대한 자연스럽게 발음하여 크레올어의 영향을 감출수록 프랑스인에게 좋은 평가를 받았다. 마찬가지로 동향(同鄕) 사람들도 '프랑스의 프랑스어', '프랑스인의 프랑스어' 즉 "프랑스어다운 프랑스어(le français français)"를 "백인처럼" 구사하는 사람을 선망한다. 다시 말해, 프랑스어 어휘력과 발음이 본국 프랑스어에 일치되는 정도에 따라 언어를 둘러싼 위계질서가 구축되는 것이다.[22]

알렉상드르는 완벽한 프랑스어 구사력과 고급 취향을 지닌 친구들을 의식하지 않기 위해, 일부러 자신의 가난함을 드러내거나 돈 문제에 관심 없는 척을 하고, 친구들의 과소비를 비난하면서 청교도적 엄격함을 과시한다. 그리고 거친 'r' 발음을 더욱 과장하여 굴림으로써 자신

---

21   Frantz Fanon, *Peau noire, masques blanches,* Seuil, 1952.

22   Frantz Fanon, *Peau noire, masques blanches,* p. 37.

이 게토식 발음을 개의치 않는다는 점을 티냈다. 그러나 이러한 부자연스러운 태도 역시 열등감의 소산이었다. 다른 한편으로 그는 친구들이 즐기는 연극과 오페라를 티 나지 않게 공부하여 친구들의 취향을 열심히 익혔고, 마구 수공업자인 아버지의 직업을 묻는 질문에 "가죽업에 종사하신다"는 식으로 둘러말했다.[23] 친구 불리의 날카로운 지적처럼, 열등감과 위선적인 우월감을 오고가면서, 욕망하지 않는 방법으로 가진 자들과 차별화하려는 알렉상드르의 엄숙주의는 그가 비판하던 친구들의 속물근성을 재연한 것에 다름이 아니었다.[24]

멤미는 『식민자의 초상에 뒤이은 피식민자의 초상』의 「식민 이중언어사용」 장(章)에서 언어라는 상징체계가 피식민인에게 미친 영향을 중요하게 논의한다. 언어가 단순히 의사소통의 수단이 아니라, 심리, 문화적 사고의 표현이라면, 언어는 식민자와 피식민자가 속한 두 세계의 긴장과 갈등 양상을 복합적으로 제시하는 핵심적인 매개일 것이다. 먼저 행정과 사법 절차에서 독점적인 언어가 된 식민 언어가 토착민들을 '자기 땅의 이방인'으로 만들었음을 지적할 수 있겠다. 식민지 건축풍으로 꾸며진 거리에는 낯선 이름의 식민정복자의 동상이 세워지고, 지명은 프랑스어로 표기되었으며, 프랑스식 축제와 종교 축일이 기념되었다. 또한 식민지 학교는 골족(les Gaulois)을 조상으로 가르쳤고, 튀니지 정치인과 위인인 카즈나다나 카헤나가 아니라 콜베르와 크롬웰을 언급

---

23 Albert Memmi, *La statue de sel*, p. 212.
24 Albert Memmi, *La statue de sel*, pp. 122-123.

했다. 결국 피식민자는 자신들의 과거를 기억하여 미래를 전망할 수 있는 역량을 잃고, "단절된 현재"를 살아가는 가운데, "문화적 기억상실"에 빠지고 만다.[25] 유사한 맥락에서, 알제리 프랑스어 여성 작가인 아시아 제바르의 소설 『사랑, 기마행진』의 자전적 인물은 본 적 없는 새 이름과 향기를 맡아본 적 없는 꽃 이름을 학교에서 배우는 상황을 일컬어 "프랑스어 외부에서 프랑스어를 말하고 쓴다."고 고백한다.[26] 무엇보다 식민 이중언어사용은 모국어와의 단절을 심화한다. 카텝 야신의 표현을 빌리자면, 모국어에서 멀어지는 것은 "내적인 추방", "탯줄을 두 번째로 끊는 일"이다.[27] 식민언어는 모국어로만 적확하게 표현할 수 있는 감각, 열정, 애정과 같이, 화자들의 내밀한 감정 표현과 관련하여 모국어 구어 대화의 지평을 축소시킨다. 요컨대 식민체제는 여러 언어가 수평적으로 공존하는 문화적 풍요를 이루지 못하고 왜곡된 언어 관계로 인한 "언어의 비극"을 초래한다.[28]

소설이 전개될수록 알렉상드르가 토착 언어에 대해 느끼는 열등감은 더욱 분명해진다. 나드라 라즈리는 멤미가 이 소설에서 특정 단어

---

25 Albert Memmi, *Portrait du colonisé*, pp. 120-121.
26 Assia Djebar, *L'amour, la fantasia*, p. 261.
27 Yacine Kateb, *Le Polygone étoilé*, p. 182.
28 Albert Memmi, *Portrait du colonisé*, p. 125. 물론 식민언어가 여성들에게 종교, 문화적 관습을 극복하여 교육과 표현의 기회를 제공했다는 점이나, 야신이나 멤미도 언급한 바와 같이, 북아프리카 작가들에게 프랑스어는 불가피한 문학 언어라는 사실을 간과할 수는 없다. 그렇지만 식민체제가 이식한 언어가 피식민인의 유년기와 청년기에 언어적 혼란을 초래한다는 점은 분명하며, 이러한 맥락에서 "언어의 비극"을 이해할 수 있을 것이다.

를 사용하는 맥락과 어감을 분석하여 이것이 어떻게 인물의 자기 정체
성 인식과 관계되는지 분석한다. '아랍 동네'는 '사람 많고 소란스러운
동네'란 의미로 쓰인다. 더 나아가 '거친(grossier)', '문명화되지 못한(non
civilisé)'이라는 어감으로 사용되듯이, 장소나 사물을 설명하는 형용사
'arabe'은 대부분 부정적이거나 심지어 경멸적인 의미로 쓰인다. 그리고 실
제로는 '아랍'과 '무슬림'이 같은 개념이 아님에도 불구하고, '아랍-무슬림'
으로 붙여 쓰는 관행에서 볼 수 있는 것처럼, '아랍'은 곧바로 이슬람 종
교를 연상시킨다. 그렇기 때문에 알렉상드르는 자신을 '튀니지인'이나 '지
중해 사람'이라고 말할지언정 '나는 아랍인이다'라고 표현하지 않는다.[29]
이후에 좀 더 논의하겠지만, 이는 알렉상드르가 무슬림 공동체와 거리
를 두고 프랑스인을 더 가깝게 인식하고 있음을 보여주는 사례이다.

이처럼 언어와 문화의 위계질서를 알게 모르게 내면화한 알렉상드
르의 태도는 어머니에 대한 감정에서 극대화되고, 이는 모국와의 소외
된 관계를 제시한다. 문맹이고 유럽 언어를 전혀 말하지 못하는 어머니
는 소설에서 모국어 및 토착 문화를 환유하는 대상으로 서술된다. 어
머니에게 가진 애정과 연민과는 별개로, 알렉상드르는 어머니의 언어
와 문화에 부끄러움을 느낀다. 이와 관련한 일화 중에서 어머니가 춤
추는 장면이 대표적이다. 그는 정신적으로 온전치 못한 이모를 위해 악
령을 몰아내는 굿판에서 어머니가 정신 나간 얼굴을 하고 '야만스럽게'

---

29 Nadra Lajri, "Des maux et des mots: Une Lecture de *La Statue de sel* d'Albert
Memmi", *Etudes Littéraires*, No. 40, 2009, pp. 181-182.

발작을 하는 모습을 보고 충격을 받는다.

광분한 무녀가 돌아섰다. 어머니였다! 나의 어머니, 내 어머
니... 경멸과 혐오와 수치심이 집중되고 분명해졌다. [...] 땀에 젖
고, 헝클어진 머리, 감은 눈, 창백한 입술의 저 원시적인 용모가
정말 내 어머니의 얼굴인가? [...] 나 자신의 기이한 부분인 어머니
가 낯설었고 원시 대륙 한 가운데 빠져 있었다. 그렇지만 나를 낳
은 사람이 바로 어머니다.

[...] 15년 간의 서양식 문화와 십 년에 걸친 아프리카에 대한
의식적인 거부에도 불구하고, 그 단조로운 옛 박자들이 유럽의 위
대한 음악들보다 훨씬 더 나를 뒤흔든다는 진실을 어쩌면 받아들
여야 한다.

[...] 아! 나는 돌이킬 수 없이 야만인이구나![30]

알렉상드르가 미신적인 흥분에 빠져 있는 어머니의 모습을 부정하
는 것은 결국 자신의 뿌리를 부정하는 행위이다. 인용된 부분에 이어서
서술자는 어머니가 몸을 맡긴 광적인 음악과 엄격하고 명확한 유럽 음악
을 대조하면서, 다시 한 번 아프리카 문화에 열등감을 느낀다. 하지만 자
신의 기원이 바로 그 '야만적인 세계'의 일원인 어머니라는 점, 또한 자신
이 거기에서 완전히 벗어날 수 없다는 자각이 그를 좌절시킨 것이다. 그
자리에서 얼른 빠져나오고 싶었던 알렉상드르가 비이성적인 열광이 가

---

30 Albert Memmi, *La statue de sel,* pp. 180−181, p. 184.

득한 요란한 굿판의 풍경을 다섯 페이지에 걸쳐 매우 생생하고 상세히 묘사한 대목은 그에게 어머니의 춤이 그만큼 익숙한 세계임을 증명한다.

2. 프랑스어 선망과 '프랑스적 가치' 추구

반면 프랑스어와 프랑스인의 세계는 알렉상드르가 추구해야할 지향점이다. 그런데 그가 선망한 유럽 커뮤니티 역시 출신, 계층, 문화에 따라서 성격이 다양하다. 예를 들어 북아프리카로 이주한 이탈리아, 코르시카, 몰타 출신의 유럽인들은 일반적으로 경제적 지위가 낮음에도 불구하고 자신들을 은연중에 식민개척자(colon)의 그룹에 포함시켜 토착민들에게 우월감을 느꼈으나, 정작 본토 출신 프랑스인들에게는 무시를 당했다. 소설에 등장하는 "몰타인 염소지기", "몰타인 목동", "몰타인 삯마차꾼"과 같은 표현이 보여주는 것처럼, 특정 지역 출신은 사회적 계층을 반영하는 특정한 직업을 대표하고, 이것이 유럽인 개별 커뮤니티의 이미지를 형성한다. 이러한 비주류 유럽인들과는 달리, 알렉상드르에게 중학교 루젤 교장 선생님은 완벽한 프랑스인의 면모를 갖춘 인물이다.

> 나는 슬그머니 그를 쳐다보고 감탄했다. 비단 같이 부드럽고 완전한 백발이 기품 있는 분위기를 자아냈다. [...] 우리에게 진정한 프랑스인, 그 권위가 손상되지 않은 채로 남아 있는 프랑스의 프랑스인을 의미하는 그의 완벽한 발성법과 교양 있는 태도에 감명

을 받았다.[31]

선생님을 우러러보는 알렉상드르의 시선을 강조한 위의 구절에서, 그가 생각하는 이상적인 프랑스인의 중요한 기준으로 완벽한 프랑스어 발성이 제시된다. 물론 이 시기에 알렉상드르가 감탄했던 프랑스인은 피상적인 기준에 근거한 다소 전형적인 모습이었던 것이 사실이다. 이후 다양한 경험을 통해 지식과 이해 수준이 높아지면서, 프랑스인에 대한 그의 판단 역시 달라진다. 예를 들어, 1부에서 서술자가 알자스 출신 프랑스인 수학 선생님에 대해 언급할 때는, "아프리카의 나약함(la mollesse africaine)과 자신의 게르만 혈통을 대조"했던 선생님의 태도에 대해 별다른 논평을 하지 않았다. 그러나 3부에서 인종차별주의자 선생님들을 나열하는 부분에서 수학선생님이 재등장했을 때, 서술자는 유대인과 무슬림에 대한 수학 선생님의 노골적인 언사를 인용하고, 선생님에 동조하여 비유럽인들을 조롱하는 유럽인 친구들의 태도를 분명하게 비판한다.[32] 서술자의 어조가 변화한 것은 2차 대전 발발과 맞물려 그간 다양한 경험을 했던 인물의 의식이 성장했기 때문이다.

이상적인 프랑스인에 대한 선망은 프랑스적인 사유와 지성의 추구로 확장된다. 알렉상드르는, 라신의 『앙드로마크』에서 "가장 라신적인 구절"을 찾아보라는 문학 선생님의 질문에 제대로 답하여 자신이 "이

---

31 Albert Memmi, *La statue de sel*, p. 93.
32 Albert Memmi, *La statue de sel*, p. 278.

탈리아계 유대인 남자와 베르베르 여자의 아들"의 한계를 뛰어넘었다는 자부심을 느꼈다.[33] 그는 더 나아가 그를 역할 모델로 설정하고, 그의 가르침을 따르고자 했다. 고등학교 시절 그에게 가장 큰 영향을 끼친 인물은 프랑스어 교수 마루와 철학 교수 푸앵소이고, 두 사람 모두 프랑스 교육에 충실한 훌륭한 교사였다.[34] 라신에 대한 문제를 냈던 마루 교수는 기독교로 개종한 베르베르 튀니지인으로서 가난한 아프리카인임에도 불구하고 멋진 스타일과 교양을 갖춘 시인이자 예술가였고, 알렉상드르의 도전적인 질문을 관대하게 수용하는 여유를 지녔다.[35] 특히 선생님은 '외국인 나부랭이(métèque: 주로 프랑스 체류 아랍인을 가리키는 경멸적 표현)'가 프랑스어를 완벽히 구사하는 것을 용납하지 못했던 프랑스인들의 악의적인 시선과 싸워야 했는데, 알렉상드르는 이러한 선생님의 처지에 공감과 연민을 느끼고 자신이 선생님의 분신이라고 여겼다. 그가 마루 선생님에게 정서적으로 의지하고 토착민으로서의 유대감을 느꼈다면, 푸앵소 선생님은 합리적 사고를 훈련하고 비판적인 지성을 탐문하는 철학의 길을 열어주었다. 푸앵소는 다양한 분야의 지식을 망라한 "사고의 스승"[36]이었고, 그의 가르침을 통해 "신비롭

---

33 Albert Memmi, *La statue de sel*, pp. 127-128.
34 멤미의 전기적 사실을 고려했을 때, 마루 선생님은 튀니지 기독교인 시인이자 문학 교수인 장 암루슈(Jean Amrouche)를, 푸앵소는 철학 교수 에메 파트리(Aimé Patri)를 가리키는 것으로 회자된다.
35 Albert Memmi, *La statue de sel*, p. 237.
36 Albert Memmi, *La statue de sel*, p. 242.

고, 복잡하고, 난해한" 세계의 실상이 "명확한 사유"로 설명될 수 있었다. 다시 말해, 알렉상드르가 생각하기에 푸앵소 선생님은 엄격한 논리, 명확한 사고, 합리적 이성을 추구하는 '프랑스적 사유'의 표본이었다.[37]

이처럼 개성이 다른 두 선생님은 알렉상드르에게 각각 다른 역할을 수행하고 있었다. 그러나 알렉상드르는 자신의 집에 방문한 푸앵소 선생님과 어머니의 만남을 계기로 선택의 기로에 놓이게 된다. 그는 프랑스어를 전혀 모르는 어머니에게 사투리로 선생님을 소개하고, 어머니의 말을 프랑스어로 통역한다. 알렉상드르에게 선생님과 어머니는 다른 언어를 말하는 자기 존재의 두 영역을 의미하며, 그는 두 사람이 서로를 영원히 이해하지 못할 것이라고 깨닫는다. 이러한 분열적인 상황을 타개하기 위해 알렉상드르는 어떠한 선택을 하는가?

푸앵소로 변모하고 싶은 강한 열망에도 불구하고, 마루처럼 될지 모른다고 예감하기 시작했다. 나의 두 부분이 융합되는 것이 불가능한 상황 앞에서 난 선택하기로 했다. 동양과 서양, 아프리카 신앙과 철학, 사투리와 프랑스어 사이에서 선택해야 했다. 열렬하고 분명하게 푸앵소를 택했다.

[...] 나는 알렉상드르 모르데카이 베닐루슈가 아닐 것이고, 나자신에서 벗어나 다른 이들에게 갈 것이다. 나는 유대인도, 동양인도 아니고 가난하지도 않고, 내 가족과 가족의 종교에 속하지

---

37 Albert Memmi, *La statue de sel*, p. 243.

않았다. 나는 새롭고 투명했다. 철학 교수가 될 것이다.[38]

앞서 언급한 바와 같이, 유럽 언어를 전혀 구사하지 못하고 지적인 수준도 낮은 어머니는 앞으로 알렉상드르가 속할 세계에서 지성적으로 가장 열등한 위치에 있는 사람이라고 할 수 있다. 그는 푸앵소 선생님에게 자신의 환경을 솔직히 보여주어 유대를 더욱 돈독히 하고자 했으나, 어머니와 선생님의 만남은 두 사람, 두 세계의 벽이 얼마나 견고한가를 확인해 줄 뿐이었다. 물론 알렉상드르는 교육을 통해서 이미 부모의 사회적 지위를 넘어서는 중이었고, 만약 가족, 여자 친구, 후원자의 기대에 부응하여 의사가 된다면 성공가도를 달리게 될 것이다. 그렇지만 알렉상드르는 자수성가한 튀니지 유대인 후원자 약사인 비스무트처럼 속물적인 인간이 아니라,[39] 형이상학적인 가치를 추구하는 철학 교수가 되고 싶었다. 그러나 마루 선생님이 대안이 될 수 없었던 이유는, 선생님이 교양과 예술적 심미안을 갖추었음에도 불구하고, 그 역시 동양, 아프리카의 세계에 속한 인물이기 때문이다. 그래서 알렉상드르가 마루 선생님과 자신을 동일시하는 순간, 자신이 '프랑스다운 프랑스어'로 사유하는 '프랑스다운 지성'의 세계에 진입할 수 없을 것이라는 불안감을 느꼈다. 푸앵소 선생님에 대한 판단과 감정이 명쾌했던 데 반해, 마루 선생님에게는 존경, 연민, 공감이 섞인 복합적인 감정을 가질

---

38 Albert Memmi, *La statue de sel,* pp. 247-248.

39 Albert Memmi, *La statue de sel,* pp. 104-105.

수밖에 없었던 것이다.

3. 유대성의 자각과 언어의 부재

이처럼 알렉상드르는 토착민의 세계와 프랑스인의 세계 어디에도 소속될 수 없는 경계인이다. 그리고 식민체제가 야기한 이분화된 세계를 오가며 발생하는 정체성의 혼란은 자신이 유대인이라는 자각을 통해 더욱 입체적으로 드러난다. 이점이 바로 프랑스 식민체제 하에 자전적 체험을 다룬 여타 북아프리카 프랑스어 작품과 가장 차별되는 특징일 것이다. 알렉상드르가 유대교 의례와 문화를 체득하면서 유대 공동체의 일원으로 성장하는 경험은 유년기를 다룬 1부에 주로 서술된다. 금요일 저녁부터 토요일 아침까지의 유대교 안식일 풍경이 서술되는 2장 「안식일」과 6장 「첫 성체배령」이 대표적인 예이다. 1부의 첫 두 장에는 아직은 가족 공동체라는 좁은 세계에서 큰 좌절을 겪지 않은 유년기의 행복이 두드러진다. 특히 2장의 첫 단락은 성인이 된 서술자가 본격적으로 과거 이야기를 꺼내기 전의 서술의 순간이고, 이 부분은 유년기에 대한 노스탤지어를 강조하며, 비록 달아나는 기억을 붙잡는 행위이겠지만 그 시절에 대한 글쓰기를 시도한다.[40] 그러나 1부 5장에서 여름학교에 참여한 알렉상드르는 유대인을 돈벌이주의와 연결 짓는 세간의 시선을 알게 되고, 가톨릭 미사에 무릎을 꿇지 않아 동료들에게

---

40 Albert Memmi, *La statue de sel*, p. 26.

구타를 당한다. 또한 유대-아랍어 사투리로 자신이 유대인임을 자각하기 시작한다.[41]

'유대인 모르데카이'의 경험은 특히 3부에 이르러 언어와 문화에 대한 이분법적인 판단과 선택의 요구를 비껴간다. 이와 관련하여 소설 마지막 부(部)인 3부의 제목이 「세계」라는 점은 의미심장하다. 1부가 아직은 이름이 명확하게 부여되지 않은 상태에서 유년기에서 청소년기로 이행하는 인물이 유대 공동체의 틀에서 벗어나 타자와의 차이를 인식하는 시작 단계를 서술한다면, 2부는 '알렉상드르 모르데카이 베닐루슈'가 처한 인종, 언어, 문화적 차이로 인한 내적 갈등과 타자의 발견이었다. 그렇지만 3부에 이르러 인물은 스스로 사유하고 타인과 갈등을 겪고 자발적인 선택에 따라 삶과 죽음의 경계에서 실존적인 투쟁을 감행한다. 2차 대전의 전조가 나타나면서 유대인 혐오가 만연했고, 친구와 학교 선생님들도 이를 거침없이 표현했다. 전통주의를 자처하는 외국인 혐오증 환자인 역사 선생님과 과학적 인종차별주의를 신봉했던 또다른 역사 선생님, 앞서 언급했던 알자스인 수학 선생님, "어리석은 반유대주의자의 전형"인 뮈라 선생님에 이르기까지, 학교 역시 반유대주의의 온상이었다.[42] 급기야 알렉산드르의 친구인 유대인 비소르의 가족은 마르세유에 있는 여동생을 제외하고 몰살되고 말았다.

인종차별 문제 앞에서 알렉상드르는 식민지의 열등국민으로 취급

---

41 Albert Memmi, *La statue de sel*, pp. 62–65.
42 Albert Memmi, *La statue de sel*, pp. 279–280.

받는 아랍인 친구에게 동질감을 느꼈다. 뮈라 선생님의 수업 시간에 그와 공모하여 선생님에게 맞섰던 친구 벤 스만은 알렉상드르에게 무슬림 사회주의 청년단체에 가입하라고 제안했고, 그는 부르주아 유대인의 위선에 반감을 가졌던 터라 벤 스만의 주장에 관심을 기울였다. 하지만 알렉상드르는 서양을 동경했고, 막연하게나마 자신이 유럽 편에 있다고 여겼기 때문에, 벤 스만이 자신을 설득하는 행위가 무슬림 조직의 세력을 확장하기 위해 유대인을 도구로 삼는 것이라고 생각했다. 벤 스만의 비밀집회에 참여한 알렉상드르는 유럽인들을 몰아내고 해방된 독립국가를 건설해야한다는 그의 정치적 계획에 동조했다. 그러나 벤 스만의 언어, 문화와 알렉상드르의 유대 정체성 사이에는 좁히기 힘든 평행선이 놓여 있었다.

"너의 첫 번째 정치적 소원이 무엇이냐 다짜고짜 묻는다면 넌 유럽인들의 철수 아니면 중립화라고 답하겠지. 난 곰곰이 생각해 볼 수밖에 없는데. 넌 아랍 문화와 언어로 돌아가길 열렬히 바라겠지. 나는 이제 서양문화에 속하고 아랍어로 완벽하게 쓰거나 표현하지 못할 거야."[43]

유대인들은 몇 대에 걸쳐 튀니지 땅에 살아왔음에도 불구하고, 아랍인들이 이들의 문화를 이질적으로 여기는 것과 마찬가지로, 알렉상드르에게 아랍어는 온전한 의미에서 모국어가 될 수 없었다. 그래서 피

43   Albert Memmi, *La statue de sel*, p. 286.

식민인으로서 두 집단의 공감대에도 불구하고, 튀니지의 유대인은 언제나 이방인이었다. 전쟁 상황이 악화되면서 알렉상드르는 그때까지만 해도 막연하게 생각해왔던 시오니즘에 관심을 갖게 되었다. 그러나 벤 스만은 시오니즘을 현재 식민체제의 모순을 해결하는 것과는 무관한 유토피아적인 발상으로 여겼고, 대다수의 아랍인들은 2차 대전을 '유럽인들의 전쟁'이라고 생각하여 이에 개입하기를 원하지 않았다.[44]

하지만 알렉상드르의 기대처럼 그는 정말로 유럽인이 될 수 있었는가? 프랑스는 유대인을 프랑스인으로 인정해 주었는가? 독일과 협력하여 권력을 잡은 비시 정권이 유대인 배척주의 법을 시행하자, 알렉상드르는 프랑스에 깊은 배신감을 느꼈다.[45] 그리고 주변인들이 속속 유대인 수용소로 징집되고 알렉상드르 역시 신변의 위협을 받는 상황에서 그는 자신의 '유대성'에 대해 실존적인 질문을 던질 수밖에 없었다. 징집을 피해 은신하던 그는 건강 때문에 자신이 징집에서 면제된 것이 아니라, 부르주아 유대인들과 함께 대학생이기 때문에 혜택을 받았다는 것을 알게 되자, 죄책감을 느끼고 자진하여 수용소로 갔다. 하지만 그곳에 있는 대다수의 유대인들 사이에서도 자신은 이방인임을 느낄 수밖에 없었다. 그는 안식일 예배를 주관해 달라는 부탁을 받고 프랑스

---

44 Albert Memmi, *La statue de sel*, p. 296.

45 알렉상드르에게 비시 정권의 유대인 탄압이 첫 번째 배반이라면, 독일군의 위세가 한풀 꺾인 뒤 자유 드골주의 투쟁에 참여하기 위한 유대인의 자원입대가 거부된 것은 두 번째 배반이었다. 유대인 친구 앙리와 함께 지원입대서류를 제출했을 때 그는 유대인 이름을 차라리 아랍이름으로 바꾸어 지원하라는 요구를 받았다.

어로 설교를 했지만, 배움이 짧고 가난한 유대인들이 주를 이루는 수용소에서 그의 지적이고 명료한 프랑스어는 대중들의 마음에 다가가지 못했던 것이다.

> 문득 내가 사투리로 말했어야 했다는 걸 깨달았다.
> 난 프랑스어로 생각하며, 오래 전부터 내면의 독백들 역시 프랑스어로 해왔다. 사투리로 말하게 될 때는 외국어로 말할 때와는 다르게, 너무 내밀하고 오래됐고 낯설 정도로 잊힌 나의 어두운 부분을 듣는 이상한 기분이 들었다. [...] 그러나 준비했던 것을 그들에게 모두 말하기에는 내게 유대아랍어 어휘가 충분치 않았다.[46]

소외된 계층에게 프랑스어는 일상과 괴리된 언어였기 때문에 그들은 알렉상드르를 존경하기는 해도, 마음속에 받아들이지는 않았다. 결국 알렉상드르의 프랑스어는 그의 순진한 판단, 다시 말해 엘리트적인 감상주의와 소통의 한계를 자각하게 해주었다.

이처럼 그의 유대 정체성의 양상은 언어, 계층, 타인종과의 관계와 관련하여 입체적으로 드러난다고 평가할 수 있다. 알렉상드르의 사투리는 아랍인들의 언어와 가깝지만, 그가 사투리 억양을 쓸 때는 프랑스인에게 열등한 존재로 취급되었다. 하지만 콤플렉스를 타개하기 위해 "서양을 선택하고 내 안의 동양을 거부한" 그가 맞이한 결말은 "서구가

---

46   Albert Memmi, *La statue de sel*, p. 314.

자신을 거부한 것이었다."[47] 결국 나치의 유대인 탄압과 프랑스의 공모는 그가 선망했던 합리적 이성이라는 '프랑스적 가치', 더 나아가 유럽 문명의 가치를 스스로 폐기하는 역사적 사건이었고, 알렉상드르는 자신의 유대성을 더욱 분명하게 자각했다. 아랍인의 문화와 언어는 알렉상드르의 것이었던 적이 없었고, 그는 유대인들이 사용하는 튀니지 사투리로는 더 이상 생각을 명료하게 표현할 수도 없었다. 그렇다고 해도 전쟁의 현실에서 무력한 푸앵소 선생님의 프랑스와 사변적인 철학 역시 그의 이상향이 될 수 없었다. 결국 다층적인 면에서 경계인[48]이라고 할 수 있는 알렉상드르가 일련의 경험을 통해 깨달은 것은 통일된 자기 정체성은 허구이고 자신의 언어가 부재한다는 사실이었다. 그러므로 오랫동안 써왔던 일기를 폐기하고, 수용소 생활을 끝내고 다시 대학으로 돌아가 철학 교수가 되기 위한 시험을 포기한 행위는 좁은 의미에서는 프랑스의 제도 교육, 더 나아가 그가 익힌 기성의 가치 체계에 대한 전면적인 도전이라고 해석할 수 있다.

알렉상드르는 수용소에서 탈출한 이후 결핵 투병을 하면서 과거와 완전히 단절하여 새로운 자아 탐구의 시간을 갖는다. "자기 자신과 단둘이 유폐되어 순수 상태의 고독"[49]을 겪는 알렉상드르의 침묵의 시간은 교양소설에서 흔히 볼 수 있는 일종의 통과의례라고 할 수 있을 것

---

47 Albert Memmi, *La statue de sel*, pp. 352–353.

48 Albert Memmi, *La statue de sel*, p. 364.

49 Albert Memmi, *La statue de sel*, p. 368.

이다. 알렉상드르는 시험을 포기하는 것에서 그치지 않고 자신이 추구했던 가치, 자신의 울타리였던 가족을 버리고 친구 앙리와 아르헨티나행 배에 오른다. 기존의 세계와 완전히 단절하고 새로운 도전을 감행하는 소설의 결말은, 알렉상드르 모르데카이 베닐루슈가 자신의 삼중의 정체성이 야기한 좌절과 고통을 재확인하고 대안을 찾고자 하는 시도를 보여준다. 물론 대안적 세계가 구체적으로 어떠한가를 제시하는 것은 이 소설의 역할을 넘어서는 일일 것이고, 알렉상드르의 분신이 변주되어 재등장하는 이후 소설에서 볼 수 있는 것처럼, 튀니지 유대인의 불안과 좌절은 계속될 것이다.

이 소설 이후에도 멤미에게 유대인 문제는 시종일관 핵심적인 주제였다. 예컨대 1975년 팔레스타인 문제를 두고 멤미가 이스라엘의 입장에서 쓴 에세이『유대인과 아랍인』은 압델케비르 카티비를 비롯한 아랍 지식인과의 격렬한 논쟁을 야기했고, 이는 앞서 언급한 알렉상드르와 벤 스만의 대립을 상기시킨다. 그런 점에서 작가의 분신인 자전적 서술자의 삼중의 정체성 탐구는 멤미의 문학작품과 사상을 깊이 이해하기 위한 필수적인 시론이라고 평가할 수 있다.

2장

압델케비르 카티비, 『문신 새긴 기억』 연구

1. 탈사실주의적 글쓰기

『문신 새긴 기억』[50]은 카티비가 1971년에 비평가이자 편집인인 모리스 나도의 적극적인 추천으로 출간한 첫 번째 문학작품인 자전적 소설이다. 프랑스어 마그레브 근대 문학 형성을 주도했던 알제리, 모로코, 튀니지의 대표 작가들의 경우와 마찬가지로, 자전적 소설은 식민지 현실과 자전적 서술자의 정체성 형성의 관계를 효과적으로 보여준다. 다시 말해, 자전적 소설은 식민기에 보낸 유년과 청소년기, 프랑스 학교 교육을 통한 프랑스어 및 문화 접촉, 토착 사회의 종교 문화와 근대적

---

50 Abdelkébir Khatibi, *La mémoire tatouée*, (Œuvres d'Abdelkébir Khatibi, I. Romans et récits), Différence, 2008. 1979년에 롤랑 바르트의 후기가 덧붙여져 재판되었고, 2008년에는 자크 데리다의 제사가 수록되어 출판되었다.

가치의 충돌, 이와 관련한 가족 갈등 등, 식민사회에서 피식민 주체의 경험을 구체적으로 서술하기에 유용한 글쓰기라고 할 수 있다. 물루드 페라운, 물루드 마므리, 아시아 제바르 등, 프랑스어 마그레브 작가들은 창작 초창기에 자전적 글쓰기를 통해 개인의 삶과 식민지 현실의 관계를 서술한다. "탈식민자의 자서전"이라는 『문신 새긴 기억』의 부제가 보여주는 바와 같이, 개인의 경험과 기억은 역사의 변동과 밀접한 관련을 맺는다.

> 나는 이차대전과 함께 태어나, 그 그림자 속에서 자랐으나, 그 시대에 대한 기억은 거의 없다. 물자부족이나, 좋든 싫든 전쟁에 엮인 친척들의 비극에 대한 어렴풋한 말들이 내 기억에서 떠오른다. 라디오–베를린 방송이 우리 아버지들의 관심을 끌었다. 세계사가 흉악한 독재자의 목소리를 통해 나의 유아기로 들어왔다.
>
> [...] 경보가 울리면, 난 바위가 많은 해변가에서 유령들 사이로 슬그머니 들어가 늦게까지 있곤 했다. 그러는 동안 사람들은 기도를 했는데, 벌벌 떠는 그 군중의 공포가 나의 망상 속에서 공허하게 메아리쳤다.[51]

소설의 첫 부분은 서술자의 생애를 중요한 역사적 사건 속에 두고 있는데, 이렇게 개인의 삶과 역사의 변동을 분리할 수 없다는 인식은 피식민인의 자서전에 공통적으로 드러나는 특징 중 하나이다. 군대 경보음이 울리면 바닷가로 달아나 놀던 기억, 기도하던 어른들이 느끼던

---

51 Abdelkébir Khatibi, *La mémoire tatouée*, p. 15.

공포는 어린 시절을 지배하던 전쟁에 대한 불안과 두려움이라는 정서를 반영한다.

그런데 카티비 전(前)세대 작가들이 각자 고유의 글쓰기 특징을 지니고 있기는 하지만, 많은 경우 식민지 현실과 자전적 서술자의 체험을 '사실주의적' 문체로 서술하는 경향을 보였다. 예를 들어, 소설의 제목이 계층 문제를 시사하고 있는 물루드 페라운의 작품, 『빈자의 아들』은 카빌리아 빈농의 옹색한 살림살이, 유산을 둘러싼 가족 간 다툼, 농한기 올리브 열매 줍기 등 가난한 인물들의 생활과 척박한 환경을 사실적인 문체로 서술한다. 공간 배경인 카빌리아 작은 마을 티지는 아무리 노력해도 빈곤에서 쉽게 벗어날 수 없는 닫힌 세계이고, 주인공에게 가난이란 세상을 이해하는 틀, 삶의 핵심 문제, 벗어날 수 없는 운명으로 그려진다. 또한 돈을 벌기 위해 혼자 프랑스로 간 주인공 아버지의 일화는 1940-50년대의 마그레브 노동자들의 프랑스 이주 정황을 구체적으로 알 수 있는 일종의 사회, 인류학적 자료로 읽을 수 있다. 물루드 마므리의 『잊힌 동산』[52]은 카빌리아 지역 부유한 가족의 이야기이나, 여기에서도 대추야자 수확, 결혼식 문화, 지역의 전설 등, 카빌리아 민속적 요소가 사실적으로 서술된다. 이러한 기법은 마므리의 두 번째 소설, 『의인의 잠』[53]에서도 볼 수 있다. 식민지 노동자와 유럽 고용자 사

---

52 Mouloud Mammeri, *La colline oubliée*, Gallimard, 1992.
53 Mouloud Mammeri, *Le sommeil du juste*, Union Générale d'Editions, S.N.E.D. 1978(1952).

이의 갈등을 다룬 이 작품은, 급진적 공산주의자와 휴머니스트 인물의 등장, 노동 현장의 사실적 재현을 통해 1920-30년대 프랑스 민중소설의 전형적인 갈등 구도와 유사하게 전개된다. 카티비 소설의 주제 역시 위에서 언급한 주제들과 유사하다. 그러나 형식과 문체 면에서 그의 작품은 전통적인 글쓰기 양식에서 벗어나 있으며, 이 점이 바로 카티비 소설의 두드러진 특징일 것이다. 이후에 사회학 에세이, 희곡, 시 등 여러 장르의 글을 창작한 카티비에게, 첫 소설은 자신의 문학적 주제를 예고하는 작품이라고 할 수 있다. 엘 봉고의 지적처럼, 이 작품은 카티비가 집필한 "사회학적, 교훈적, 시적, 정치적 논평과 같은 메타텍스트(méta-texte)의 결합"을 효과적으로 보여준다.[54]

우리는 소설의 '파편적(fragmentaire) 형식'과 '비(非)사실적인 문체'가 카티비 소설의 가장 두드러진 특징이라고 보고 이를 중심으로 『문신 새긴 기억』을 논의하고자 한다. 소설은 출생에서 시작하여, '유아기-유년기-청년기'로 이어지는 큰 시간 흐름을 유지하고 있음에도 불구하고, 한 사건에서 다른 사건으로 이행하는 개연성이 약하기 때문에 서사의 흐름은 매우 산만하게 여겨진다. 또한 작은 단위 서술 내부에서는, 인상적이었던 기억의 편린을 나열할 뿐 선조적인 전개를 따르지 않는다. 게다가 거의 매 페이지에 1회 이상 등장하는 행간 여백 역시 글의 흐름을 방해하면서 작품을 이질적인 파편들의 결합으로 만든다. 산문, 시적

---

54 Olga Hél-Bongo, "Polymorphisme et dissimulation du narratif dans *La mémoire tatouée* d'Abdelkébir Khatibi", *Etudes littéraires*, 2012, pp. 49-50.

텍스트, 에세이, 희곡, 역사, 예언서가 공존하는 다양한 장르의 혼종은 작품을 매우 혼란스럽게 만든다. 그러다 보니 특정 사건이나 인상적인 장면이 서술되다가 갑자기 다른 주제로 이행하여 이질적인 이미지가 병렬되기도 하고, 즉흥적인 연상에 따라 새로운 묘사나 서사가 등장하는 경우가 빈번하다. 특히 아이러니와 자기 패러디가 두드러지는 문체는 이와 같은 형식적 특징을 더욱 부각한다.

여러 층위의 담화의 콜라주를 통해 현실을 우회적으로 드러내는 형식과 문체는 문학이 사회 현실을 직접적, 즉각적으로 반영하는 이른바 '증언 문학'과 거리를 두고자 했던 카티비의 문학관과 관계된다. 그는 『마그레브 소설』에서 문학이 직간접적으로 현실을 반영한다는 점을 인정하면서도, 언뜻 보기에는 현실 참여적 성격이 약해 보이는 작품이 현실과 맺는 복잡하고도 민감한 관계를 파악하는 것이 중요하다고 강조했다. 아울러 문학 비평 역시 작품과 시대, 개인과 사회 집단을 단순히 동일시하거나, "증언도, 순수한 사실주의도, 내용의 단편적인 분석"이 되어서는 안 된다고 강조한 바 있다.[55] 카티비가 자신의 문학적 계보를 카텝 야신에게서 찾은 것도 이런 맥락에서 이해할 수 있다. 다음은 『문신 새긴 기억』에서 야신에 대해 언급한 대목이다.

> 사람들은 전쟁과 죽음 속으로 빨려 들어가고 있었다. [...] 전쟁 이야기가 계속되고 있었다. 찢긴 자들은 소소한 고백을 했고 이것은 해방의 외침으로 불렸다. 전쟁은 지칠 줄 모르게 다시 이야기

55　Abdelkébir Khatibi, *Le roman maghrébin*, p. 12.

되고 있었다. [...] 이렇게 피식민 지식인은 가장 생생한 뿌리가 잘린 채 투쟁했다. 우리의 훌륭한 작가 카텝 덕분에 내 안에서 신화가 나를 둘러쌌고, 모든 이야기가 이에 맞서 펼쳐진다. 네즈마, 경이로운 열광! 난 방랑하는 이 시인과 함께 유년시절의 거리와 그곳에 담긴 수수께끼를, 전쟁이 나를 괴롭힐 때 방황하는 기억을 다시 배웠다. 결합되어야만 주어지는 말이 있는데, 나는 네즈마와 연결되었고, 조금은 취한 채로 아득한 시선으로 걸었다. 카텝의 노래가 완벽한 대위법을 통해 나를 억제된 혼돈과 백색 모험 사이로 데려갔으므로.[56]

알제리 전쟁이 한창이던 때에 파리에 체류하던 카티비는 프랑스와 알제리의 만남과 교착을 서술한 야신의 대표적인 소설, 『네즈마』[57]에 매료되었다. 1956년에 출간된 이 작품은 프랑스 식민지배의 잔혹성과 젊은이들의 고민과 방황을 초현실주의적, 신화적으로 서술한다. 야신은 발자크, 플로베르, 졸라를 비롯하여 포크너, 헤밍웨이의 사실주의로부터 영향을 많이 받았지만, 단문의 산문시 배치, 신화적 기억을 기술하는 방식은 매우 초현실주의적이다. 또한 연대기적 서술 방식 탈피, 같은 장면이 여러 곳에서 산포되는 기법 등은 카티비를 비롯하여 당대의 마그레브 작가들에게 큰 영향을 미쳤다.[58] 카티비는 이러한 야신의 문체에서 자신의 어린 시절의 방황을 떠올린다. 그리고 야신처럼 아이러

---

56 Abdelkébir Khatibi, *La mémoire tatouée*, p. 80.
57 Kateb Yacine, *Nedjma*, Seuil, 1956.
58 Tahar Djaout, *Hommage à Kateb Yacine*, Kalim n.7, Office des Publications Universitaires, Alger, 1987, p. 9.

니와 과장법이 풍부한 초현실적인 문체로 현실을 재현하는 글쓰기가 사실주의적 문체보다 알제리 상황을 오히려 생생하게 보여준다고 생각 했다.

2. 몸의 기억과 섹슈얼리티

사실주의적인 마그레브 자전적 소설들과 차별화되는 카티비의 소설은 그가 시종일관 천착한 문제인 자아와 타자, 전통과 근대, 비서구와 서구, 이렇게 대립하는 두 항의 관계를 효과적으로 보여준다. 특히 자전적 인물이 자문화 및 서구와 맺는 관계, 이로 인한 정체성 인식은 몸과 관련한 서술에서 잘 드러난다. 자전적 서술자의 몸은 여러 층위에서 대립적인 요소들이 만나 타자를 인지하고 자아를 확인하는 매개로 기능하기 때문이다. 무엇보다 몸은 개인의 기억과 공동체의 역사가 함께 기입된 장(場)이라고 할 수 있다. 이와 관련하여 카티비의 문체와 형식의 특징은 소설 초반부에 파편적으로 서술되는 유년기 경험에 집중적으로 등장한다. 추상적이고 불명확한 영역인 "기억"과 구체적이고 확실한 물증인 "문신"을 병치한 소설 제목이 보여주는 바와 같이, 유년기에 대한 기록은 혼성적이다. 먼저 서술자가 자문화와 맺는 관계를 살펴보자. 서술자의 정체성을 형성하는 핵심 요소로 이름과 할례가 강조된다. 이름이 정체성의 주요 표지임을 상기했을 때, 자신의 이름과 성스러운 이슬람 제식의 관계에 대한 설명으로 소설을 시작하는 방식은 자연스럽게 보인다. '압델케비르'란 이름은 아브라함의 희생을 추념하는 축제일인 '아이드(Aïd)'와 '케비르(kebir)'의 날에서 유래한 것으로, '선지자의 종', '신의 노예'를 의미한다. "신의 향기와 별의 징조 사이에 놓인" 카티비는 "천 년 이상 이어진 성스러운 제식"과, "자기 아들의 목을 따는 아브라함의 몸짓"을 상기시킨다.[59] 그리고 탄생과 동시에 이름을 통해 이슬람 전통에 소속된 인물은 할례식을 거치면서 비로소 문화적 정체성을 확고히 한다.

천장의 꽃들을 쳐다봐라, 난 쳐다보았고 포피가 떨어졌다. 할례 축제가 시작되었고, 형들과 나는 가위를 통과했다. 와! 와! 어쩌면 도금양 잎과 향 위에서 오렌지 꽃들을 위해 우리에게 자비가 베풀어질지도 모른다.

[...] 너의 핏줄에 어울리는 사람이 되거라, 가장이 되거라! [...] 할례 받지 않았다고 뽐내는 자들은 고통과 실망만을 맛보리라! 최후의 심판을 당하리라!

[...] 그래서 모든 움직임의 대가로 피의 꽃이 활짝 펴서 허벅지 사이에 문신 새겨진다.

[...] 이후에 가위에 관한 강박관념이 내 성기를 찢어놓았다. 난 공공연히 몸을 떨었으며, 쇠약에 가까운 일탈, 모든 걸 쓰고 모든 걸 상상하고, 이것이 나의 형성의 동기이다, 이게 전부다.

---

59   Abdelkébir Khatibi, *La mémoire tatouée*, p. 15.

[...] 할례를 통해 나는 인정을 받았고, 털 없는 사내다움에 도달했다.[60]

격앙된 어휘와 빈번하게 등장하는 감탄사, 급작스런 이미지 변화, 서술자의 변동이 두드러지는 할례식 서술은 비이성, 감각과 관련된 몸의 경험을 효과적으로 보여준다. 이렇게 혼란스러운 감각이 몸에 각인됨으로써 서술자의 기억은 지속될 수 있었다. 할례 경험은 유년기 일화 중 가장 중요한 부분이기 때문에 소설의 제목과 동명의 소제목을 붙여 이 부분이 세부 장으로 배치되었다.

주인공이 코란 학교에서 아랍어 서체를 배울 때 체화된 자세 역시 문화적 뿌리를 환기하는 몸의 감각이다. 그가 7살에 아버지와 남동생의 죽음을 겪고 실존적인 불안으로 고통을 겪었을 때,[61] 아랍어 서체는 죽음에 대한 불안과 혼돈으로부터 인물을 지켜주는 문신 역할을 했다.

똑같은 매혹이 문신 새긴 베두인 여자들 앞에서 항상 나를 사로잡는다. 그런 여자가 조상의 손을 열면, 나는 신화에 고착되어 버린다. 모든 서체는 내 욕망에서 죽음을 멀리하고 문신은 나를 지켜주는 예외적인 특권을 지닌다. 혼돈 속에는 낙하지점이 전혀

---

60 Abdelkébir Khatibi, *La mémoire tatouée*, pp. 23–24.

61 "일곱 살에 죽음이 내 삶 안으로 너무 격렬하게 들어와, 나를 뒤흔들던 비명들, 발과 손이 묶인 채 엄청난 정체성 속에 던져진 인간의 경련을 아직도 간직하고 있다. 공동으로 조롱당한 세 형제의 을씨년스런 부르짖음을 내 안에 지니고 있다. 일곱 살, 현실주의적인 나이!", Abdelkébir Khatibi, *La mémoire tatouée*, p. 19.

없으며, 눈짓처럼 신속한 도표, 매듭 풀린 충동의 힘뿐이다.[62]

특히 할례를 서술하는 부분 앞뒤로는 몸과 섹슈얼리티에 대한 서술자의 경험과 상상이 집중적으로 등장하는데, 전반적으로 매우 과장되고 환각적인 문체로 서술된다. 예를 들어, 인물은 아버지의 죽음으로 과부가 된 어머니의 재혼에 대해, 새 아버지가 어머니를 "유괴"했다고 표현했고, 마찬가지로 재혼한 이모를 "강간당한 소녀"로 여겼다. 서술자는 새 이모부를 "양배추 귀를 가진 별난 거인", "황새처럼 가늘고 긴 다리"를 가진 기이한 인물로 경멸적으로 묘사한다.[63] 이런 반응은 어린 나이부터 경험한 아버지의 부재로 인해 어머니와 이모에게 강한 애착을 갖고 있었던 인물의 상실감에서 기인하였고, 더 나아가 가부장적인 이슬람 문화에 대한 반감으로 해석할 수 있다. 이러한 서술방식은 어머니와 이모를 포함하여 여성 인물들을 에로틱하게 서술하는 여러 일화에서 극대화된다. 인물이 어머니와 이모를 따라간 터키식 목욕탕에서 여자들의 몸을 보았던 장면이나 새 이모부에 대한 적대감 때문에 이모에 대한 근친상간적 욕망을 느끼는 경우가 그 예이다.[64] "이분화된 근친상간은 수많은 어린이들의 꿈이고, 내 경우에는 패륜의 아버지, 이모부에게 거역하는 꿈이었다"[65]는 고백처럼 성적 일탈의 상상력은 '아버

---

62 Abdelkébir Khatibi, *La mémoire tatouée*, p. 16.
63 Abdelkébir Khatibi, *La mémoire tatouée*, pp. 21–22.
64 Abdelkébir Khatibi, *La mémoire tatouée*, p. 22.
65 Abdelkébir Khatibi, *La mémoire tatouée*, p. 270.

지의 법'에 대한 반항의 표현이었다. 남자 아이의 은밀한 성적 욕망은, 동네 부랑아에게 동성애적 환상을 갖는 부분이나, 이모집에서 베르베르인 소녀나 하녀들과의 성적 방종, 9살 때 사창가를 경험하고 늙은 창녀에 대한 혐오감을 느꼈던 경험에서도 드러난다.[66] 물론 인물의 성적 일탈은 가족과 사회에 반하는 사춘기의 반항으로서 자전적 소설에서 자주 등장하는 일화이긴 하다. 그렇지만 카티비의 경험은 성적 억압이 매우 강한 보수적 이슬람 사회에서 가부장적 종교 문화에 도전하는 위반 행위로 적극 해석될 수 있다.

그런데 성적 일탈의 상상력은 가부장적 문화가 자전적 인물에게 정서적 안정감을 주었던 모계 인물과의 관계를 위협하여, 인물이 반감을 갖는 것에 그치지 않는다. 이것은 인물이 미군에게 강간당하는 어머니를 상상하는 대목에서 극에 달한다. 군대 경보음과 라디오 베를린에서 나오는 나치 선전 방송이 들리고, 방탕한 미군들이 활보하는 사창가 분위기 속에서 인물은 환각에 빠진다.

"간음을 범하려는 이 미국인들한테 아랍식 미로는 복잡했다. 그들이 다가오면 거리에 있던 사람들은 사라지고, 미국인들은 성난 미치광이처럼 어슬렁거렸다. 나는 자기에게 무엇을 바라는지 모른 채, 상황에서 벗어나려는 불쌍한 아버지를 그들이 무기로 위협하는 모습을 포착했다. 아버지는 여전히 겁에 질린 상태로 상황에서 벗어났다. [...] 군인들이 우리 집 문을 때려 부수고 어머니를

---

66 Abdelkébir Khatibi, *La mémoire tatouée*, p. 23.

강간했다면, 아버지는 어떻게 했을까? 그 환각이 나를 떠나지 않았다."[67]

전쟁이 야기한 폭력의 분위기는 급기야 어린 아이에게 강간 판타지를 낳았다. 어머니가 강간을 당하고 그것을 지켜보는 아버지의 모습을 떠올리는 것은 이슬람 문화의 어린 아이가 행할 수 있는 가장 극단적인 상상일 것이다. 앞에서 재혼하는 어머니와 이모를 설명할 때의 '강간'은 여성의 성적 자율권이 제한된 상황에서 당하는 폭력에 국한되었으나, 위의 인용에서는 집안 권위의 상징인 가부장이 위협을 받고 어머니의 불명예를 목도하는 장면까지 서술된 것이다. 즉 강간이 약자들이 당하는 폭력의 극단적 은유라면, 여기에서는 식민권력의 폭력을 여성이 겪는 이중적 피해를 통해 제시하고 있다. 자전적 인물은 미군들을 통해 사창가를 알게 된다. 9살에 처음으로 발들인 사창가, 늙은 창녀의 비루한 용모와 여자에 대한 인물의 혐오감은[68] 서구의 존재를 왜곡된 성적 프리즘을 통해서 인식한다는 점을 제시한다. 요컨대 몸과 섹슈얼리티를 통해 형성된 혼란스러운 기억은 유년기 인물이 자문화와 프랑스 양쪽과 맺는 관계를 생생하게 보여준다.

---

67   Abdelkébir Khatibi, *La mémoire tatouée*, p. 16.
68   Abdelkébir Khatibi, *La mémoire tatouée*, p. 23.

3. 프랑스적인 것의 모방과 전유

소설에서 가장 많은 분량을 차지하는 중등학교는 자전적 서술자가 '프랑스', '프랑스어', '프랑스적인 것'과의 만남을 통해 언어 인식을 형성하는 중요한 공간이다. 자전적 소설에서 유년기 인물이 타인과의 동질감과 차이를 발견하고, 질서와 훈육의 담지자인 교사와 갈등을 겪는 가장 중요한 공간으로 학교가 등장하는 것은 익숙한 광경이다. 주지하다시피 학교는 1차적으로 기성사회의 가치를 교육하고 모범적인 공동체 일원을 훈육하는 사회화를 담당한다. 특히 식민지 학교는 식민본국의 언어, 문화, 가치관을 전수하는 이데올로기적 역할을 수행한다. 물론 피교육자가 늘 교육의 의도를 그대로 습득하고 실천하는 것은 아니다. 오히려 학생들은 프랑스어와 서구의 역사 및 가치관을 배우면서 이에 대한 비판적 시각을 형성하고 지배자에 맞선 저항 의식을 갖기도 한다. 어떤 면이 두드러지든 마그레브 자전적 소설에서 유년기, 청소년기의 주요 공간인 프랑스 학교의 학창 시절은 다언어, 다문화 경험의 분기점임은 분명하다. "1945년에 아버지는 나를 프랑스-모로코 학교에 보냈다."[69]는 『문신 새긴 기억』의 이 대목은 인물의 정체성 형성과 관계된 핵심적인 문장이다. 자전적 서술자는 프랑스 보호령 하에 있는 식민지 프랑스 학교에서 겪은 문화적 혼란, 구체적으로는 언어적 혼란을 강조하면서 세 언어 병용(triglotte) 경험에 대해 다음처럼 이야기한다.

---

69 Abdelkébir Khatibi, *La mémoire tatouée*, p. 40.

학교의 세속 교육이 나의 종교에 강요되었고, 나는 프랑스어를 말하지 않으면서 읽고, 아랍 문어를 조금 쓸 줄 알았으며, 일상적으로는 아랍 방언을 말하는 삼중 언어화자가 되었다. 이러한 엇갈림 속에서 일관성과 계속성이 어디에 있겠는가?

처음엔 열등생이었던 나는 지나치게 꾸밈이 많고 까다로운 글자를 서투르게 썼다. 더구나 직선을 망치는 강박관념을 계속 가지고 있었다. 구불구불한 글자가 여백에 부딪쳐 부서지면서 기어오르고, 미묘한 위기로서 침묵과 실패에 대한 답변을 가늠한다.[70]

프랑스 학교 교육은 종교와 일상, 정치, 윤리가 일치되는 이슬람 문화에 익숙한 인물을 혼란스럽게 만들고, 모국어와 맺었던 안정적인 관계에 균열을 가했다. 프랑스 학교에서 처음 경험한 말하는 언어와 쓰는 언어의 괴리는 카티비에게 창작 언어 선택 문제의 출발점이 되었다.

물론 모로코 사회는 대부분의 아프리카 국가들과 마찬가지로 프랑스 식민지배기 이전에도 단일 언어 문화권은 아니었다. 알제리나 튀니지와 유사하게 아랍 문어와 구어의 괴리가 있었고, 그밖에 다양한 방언이 존재했다. 그렇지만 식민체제로 인한 프랑스 학교 교육과 프랑스어 이식은 모로코 사회를 단기간에 급격히 변화시켰다. 이는 카티비의 유년기 언어 인식의 모태를 형성하고 이후에 학업과 창작 활동 언어가 된 프랑스어와의 복잡한 관계를 형성하는 계기가 되었다. 자전적 인물이 프랑스 학교생활에서 가장 먼저 경험한 감정은 열등감이었다. 그가

---

70 Abdelkébir Khatibi, *La mémoire tatouée*, p. 40.

고향을 떠나 마라케시에서 중학교 생활을 시작하던 시기에 낯선 프랑스어 필기를 어려워했다. 이는 몸에 익숙한 아랍어 서체에서 벗어난 도전이었다. 학교에 잘 적응하지 못했던 인물은 선생님에게 소소히 반항했고, 선생님의 체벌을 견디며 열등생 그룹에 속하게 되었다.[71]

그러나 소년은 문학에 대한 관심을 계기로 언어에 탐닉하는 즐거움을 경험했고, 이것이 글쓰기로 이어져 사춘기의 고독과 혼란에서 벗어나는 데 도움이 되었다. 이러한 경험이 「육체와 단어들」 장에서 집중적으로 서술된다. 글쓰기는 "희망이고, 혼돈에서 피신하고 고독의 칼을 가는 유일무이의 수단이었다."[72] 게다가 형의 영향으로 아랍시의 아름다움에 매료된 카티비는 생경한 언어에 탐닉하고 시어의 조탁에 관심을 가진 덕분에, 자연스럽게 프랑스어 단어의 리듬, 이미지의 조합, 서정성에 주목하게 되었다. 또한 문학, 예술에 관심이 많은 친구의 영향으로 글쓰기에 취미를 갖게 되었다.[73] 기숙사 친구들의 연애편지를 대필하면서 "사람들의 감수성을 관리하는 공개 작가"가 되었던 일화는 자전적 인물이 프랑스어와 얼마나 친밀해졌는가를 보여주는 예일 것이다.

---

71 Abdelkébir Khatibi, *La mémoire tatouée*, p. 45.

72 Abdelkébir Khatibi, *La mémoire tatouée*, p. 53.

73 "글쓰기의 행복이 나를 구원했다. 나의 구원은 책들의 우정 그리고 모든 것에 빈정거리는 시선을 던지던, 생기 없는 머리칼의 그 아이 덕분이었다. 서로 떨어질 수 없는 이인조, 언제나 새로워지는 우정. 그는 그림을 그렸고 나는 시를 썼다. 그는 노래했으며 난 즉흥적으로 유행가 가사를 썼다. [...] 우리는 문학 위에서 군림하고 있었다. 쓰기, 잘 쓰는 것은 우리들의 테러 기술, 우리의 비밀스런 관계가 되었다", Abdelkébir Khatibi, *La mémoire tatouée*, p. 53.

카티비에게 프랑스 문학은 단순히 프랑스어를 익히는 수단을 넘어서 프랑스, 서구라는 타자와 심화된 만남의 기회였다. 다음의 인용문은 그가 코르네유, 라신과 같은 고전주의 작가의 언어를 발견하고 익히는 과정을 서술하고 있다.

> 모방의 편집광(Maniaque dans les imitations)인 나는 이야기의 다음 부분을 공들여서 그럴듯한 알렉산드르 규격의 시행으로 이야기했다. 코르네유를 통해서 내가 타자의 영원 속으로 들어갈 것 같았기 때문에, 프랑스어 교수의 마음에 들길 바랐다. 서양은 우리에게 자신들의 낙원을 제시했다. [...] 여러 번 나는 독서 덕택에 공인된 신들을 감히 왜곡하고, 우선은 그들과 나를 동일시함으로써 모방연습을 통해 그들을 무력화시키고자 했다. 그리고 이러한 유사한 관계가 나를 짓눌렀기 때문에 탈식민적이라고 생각하는 패러디로 단호히 방향을 틀었다. 나의 우상에게는 고분고분했던 나는, 유동적이고 득실거리고 포악한 내 책장에서 끄집어낸 미간행 부분을 그들의 작품에 덧붙이는 방식으로 왜곡을 감행했다.[74]

먼저 인물은 고전 언어의 엄격함과 규칙성에서 프랑스어의 이상적인 면모를 발견한 뒤에, 이를 유려하게 모방한다. 여기에는 프랑스인 교사에게 인정받고자 하는 학생으로서의 기대와 프랑스인들보다 더 프랑스어를 잘 쓰고자 하는 욕구가 그 동기로 작용했다. 그는 이 언어를 충분히 숙지한 후, 다음 단계로 자신의 방식으로 개작하는데, 대상

74　Abdelkébir Khatibi, *La mémoire tatouée*, p. 57.

을 비틀고 때로는 조롱함으로써 본래의 성격을 왜곡했고 이를 "탈식민지적 패러디"라고 일컬었다. 또한 고등학교 시절 관심을 갖게 된 말라르메, 발레리, 엘뤼아르 같은 현대 작가들 덕분에 문학에 대한 애정은 한층 더 깊어졌다. 이렇게 프랑스 문학을 깊이 흡수하고 모국어 화자보다 더 훌륭한 프랑스어를 구사하는 것은, 모국어로부터 소외를 감추는 일종의 보호막이기도 했다.

> 나는 타인들에게 그들 자신의 언어로 글 쓰는 법을 가르쳐 주었다 [...] 가려진 존재에 이처럼 나를 열어 놓고, 단어들에 의해 나는 나 자신의 신이었다. 나의 언어를 훔쳐간 조금 가증스런 도시, 카사블랑카 저편에서.[75]

자크 프레베르의 시 개작 작업 역시 같은 맥락에서 이해할 수 있다. 이때 서술자는 프레베르 개작 행위를 1인칭으로 서술하고 나서 여백을 둔 뒤에, 다시 자신을 2인칭으로 지칭하여 프레베르를 패러디한 대목을 마치 인용구처럼 삽입한다.[76] 인칭과 서술 층위의 변화를 둔 이러한 기법은 자신이 영향을 받은 서구의 텍스트를 창의적으로 전유하는 카티비의 방식을 잘 보여준다. 지금까지 살펴본 사례들은 타자의 언어를 완전히 자기 것으로 체화하는 동일화 노력과, 이후 그것을 자유자재로 변모시키는 거리두기라는 이중적 측면을 제시한다.

문학이 자전적 서술자의 감수성과 언어 감각을 일깨워 프랑스어와

---

75   Abdelkébir Khatibi, *La mémoire tatouée*, p. 71.
76   Abdelkébir Khatibi, *La mémoire tatouée*, p. 58.

프랑스 문학을 자신의 것으로 전유하는 계기였다면, 서구의 철학은 시대정신, 당대의 지식인의 역할을 고민하고 이것이 모로코 사회에 갖는 의미를 성찰하는 기회를 제공했다. 카티비가 철학에 입문하게 된 계기는 나치 수용소를 체험한 기독교 신도이자 자유주의자인 철학 교수의 수업을 통해서였다.[77] 20세기 초반에 대두된 실존주의와 부르주아 가치 비판의 영향을 받았던 카티비는 『실존주의는 휴머니즘이다』을 계기로 사르트르 철학에 관심을 갖게 되었다. 주지하다시피 사르트르는 양차 세계대전과 자본주의의 모순으로 드러나는 '유럽적 진보'의 이면을 통렬히 비판했다. 이는 식민지 젊은 지식인들에게도 큰 영향을 주었다. 물론 각론에 있어서는 지식인들 사이의 관점은 달랐으나, 현실의 문제를 타개할 실천적 지식으로 많은 이들이 실존주의 사유를 꼽았던 것이다. 카티비 역시 당대의 사유를 흡수하면서 자신이 서구의 가치에 가담한다는 소속감을 가질 수 있었다. 그렇지만 "나는 그 명성이 손상된 서양의 안전에 가담했다"[78]는 말처럼 그의 감정은 양가적이었다. 자신이 주류 가치에 동조한다는 안정감을 가지면서도 인준된 지적 권위에 대한 비판적인 시각을 견지하고 있었던 것이다.

그러나 사르트르의 사상은 몇 가지 이유로 카티비에게 이질적이었다. 먼저 사르트르의 반(反) 기독교 관점은 카티비가 속한 이슬람 문화에서는 매우 낯설다는 점이다. 카티비가 자신이 속한 세계를 "마술적

---

77   Abdelkébir Khatibi, *La mémoire tatouée*, pp. 67–68.

78   Abdelkébir Khatibi, *La mémoire tatouée*, p. 68.

(magique)"이라고 명명한 것처럼, 마그레브는 서양 역사와는 달리 기독교의 영향과 단절의 길항작용을 겪지 않았다. 나아가 더 근본적인 이유로 사르트르의 부르주아 비판과 카티비가 경험한 식민체제 간의 괴리를 들 수 있다. 사르트르가 서구의 파산을 선고한 계기인 세계대전은 모로코인들과는 무관한 전쟁이었고, 서구의 지식인들이 역설한 부르주아 가치 비판은 "니체적 파괴"를 소비하는 행위로서, 카티비에게 그것은 종종 지적인 자위로 보였다.[79] 물론 사르트르는 프랑스의 식민 지배를 비판했고, 특히 알제리 독립을 지지하는 좌파 세력을 결집하는 데 중요한 역할을 수행했다. 잘 알려진 바와 같이, 사르트르는 알제리의 전면 독립과 '프랑스령 알제리' 유지를 둘러싸고 피에 누아르인 알베르 카뮈와 공개 논쟁을 벌인 바 있다. 그렇지만 카티비는 사르트르가 가진 식민체제에 대한 반감이 자신의 경우처럼 경험에서 근거하는 것은 아니라고 느꼈다. 그런 점에서 카티비는 사르트르가 마그레브 피식민 국가의 상황을 일반화하는 한계를 지녔다고 판단했고, 그에게 깊이 공감하지는 못했다.

자전적 서술자가 프랑스 문학과 관련하여 겪었던 경로와 유사하게, 그는 서구 사유에 대한 이질감과 연루 의식이라는 양가감정을 경험한

---

79 "자기 자신을 의심하기 시작하던 그 서양은 자기 죽음의 호사스러운 환각을 체험하고 있었다. 전쟁마다 서양은 신의 죽음을 다시 들먹거렸고 동시에 그러한 중복에 눈먼 듯이 다시 나타나는 것이었다. 그리고 이따금, 만약 의기양양한 서양이 자신의 니체적 파괴를 노래했다면, 나와 나의 문화는 어떻게 되었겠는가?", Abdelkébir Khatibi, *La mémoire tatouée*, p. 68.

다. 인물은 자신과 서구의 교착 관계를 다음처럼 강조한다.

나는 나의 문화에서 지식의 브리콜라주(bricolage), 억압, 유배 (dépaysement)를 인지했다. 그로부터 나의 내면의 결점을 파악했다. [...] 타인을 사랑한다는 것은 기억의 잃어버린 장소를 말하는 것이고, 처음에는 강요된 역사에 지나지 않았던 나의 반란은 인준된 유사성 안에서 영속된다. 왜냐하면 서양은 내 일부분이고, 나를 억압하거나 환멸을 느끼게 하는 동서양 모든 문화에 맞서서 내가 투쟁하는 한에서만 부정할 수 있을 뿐이기 때문이다.[80]

이 대목에서는 특히 자아와 타자의 갈등을 진지하게 인식하고 자신이 발 딛고 있는 터전이 어디인지 자문하는 사춘기 고유의 정서가 잘 드러난다. 서구의 문학과 사상은 카티비의 창작과 사유의 자양분이었으나, 한편으로는 자문화와 역사의 억압에서 출발했다는 한계를 지니므로 그에 대한 비판의식은 필연적이다. 그렇지만 이미 자신의 일부분이 된 서구를 완전히 거부하는 것은 가능하지 않았다. 이러한 면모는 우리가 1부의 카티비 이론을 논의하였던 『두 언어로 된 사랑』에서도 살펴본 바 있다. 남녀 관계로 비유된 아랍어와 프랑스어의 만남은 어느 한 쪽으로 역학이 기울지 않은 채 상호 교착되어 제3의 지대를 모색하였다. 『문신 새긴 기억』은 이러한 경향을 자전적 서술자의 경험을 통해 더욱 생생하게 보여주고 있다.

---

80 Abdelkébir Khatibi, *La mémoire tatouée*, p. 68.

3부

알제리 여성 작가,
아시아 제바르와 프랑스어[*]

* 3부는 박사학위논문 『아시아 제바르 소설 연구: 알제리 여성의 다성적 목소리』(서강대학교, 2018)를 토대로 논의하였음을 밝힌다.

1장
아시아 제바르 작품에 나타난
모국어의 의미

1. "시스트럼"의 글쓰기

프랑스어로 작품을 쓴 대표적인 알제리 여성 작가인 아시아 제바르 (Assia Djebar, 본명: Fatima-Zohra Imalayène, 1936-2015)는 다언어 상황에서 창작 활동을 했다. 지역별로 상이한 아랍 구어, 현재는 구어로만 통용되는 베르베르어, 주로 문학 작품과 종교 저작에 사용되고, 독립 이후에는 관변 언어가 된 아랍 문어, 프랑스의 식민지배가 이식한 프랑스어, 이렇게 여러 언어들이 긴장과 갈등을 이루는 알제리의 상황에서 제바르가 가장 먼저 직면한 문제는 창작 언어 선택이었다. 특히 제바르처럼 식민지 학교 교육을 통해서 프랑스어를 학습 받은 세대에게, 일상에서 아랍 구어 혹은 베르베르어 사용과 공적 영역에서 프랑스어를 사용하면서 형성되는 긴장은 모국어와 타언어의 관계와 관련하여 중요한 문제들을 제기한다. 제바르는 10살까지 프랑스 학교 수업을 마친 뒤 코란 학교에서 아랍어를 익혔다. 중등학교에 입학한 후 아랍 문학에 대한 관심이 커져 계속 아랍어를 배우려고 했지만, 당시 프랑스 정부가 아랍어를 제2외국어로 지정했고, 프랑스 학교의 극소수 아랍 소녀였던 제바르는 아랍어 신청자가 없어서, 4학년이 돼서야 배울 수 있었다. 그리하여 문학 언어로서 아랍어를 완벽하게 구사하지 못했던 제바르가 프랑스어를 창작 언어로 선택한 것은 작가에게 '선택 아닌 선택'이라고 할 수 있다. 학창 시절 일화는 자전적 소설인『아버지의 집 어디에도』에 상세히 서술된다. 이렇게 일상에서 아랍 구어 혹은 베르베르어 사용과 공적 영역에서 프랑스어를 사용하면서 형성되는 긴장은 모국어와 타언어의 관계와 관련하여 중요한 문제들을 제기한다. 제바르는 1957년에 첫 소설『갈증』[1]을 발표한 이후 소설 세 작품을 출판한 뒤, 10여 년의 공백기를 거쳐 1980년에『처소에 있는 알제의 여인들』을 시작으로 소설 창작을 재개한다. 창작이 무르익기 시작하는 이 시기에『사랑, 기마행진』을 중심으로 알제리 여성의 고통과 기쁨의 외침을 담고자 하는 제바르 소설의 청각적 특성이 분명하게 드러나기 시작하는데, 이때 여성의 소리는 물론 모국어 음성을 가리킨다. 고대 이집트의 금속 타악기 이름에서 유래한 이 소설 2부 마지막 장(章)의 소제목 '시스트럼(Sistre)'

---

1   Assia Djebar, *La soif*, Julliard, 1957.

은 소리의 형성과 울림으로 이루어진 제바르 작품의 성격을 은유적으로 보여준다. 미레유 칼그뤼베르는 다채로운 목소리들의 울림이 소설을 관통하는 심층적인 원리라는 점에서 제바르의 소설을 "시스트럼의 글쓰기", "글쓰기의 시스트럼"으로 명명한다.

> 충돌, 마찰, 울림, 튀어 오르는 움직임을 통해, 소리 작업이 글자에 모든 소리를 다시 내도록 하는 제바르의 책에서 시스트럼이 바로 시 언어의 글쓰기 원칙이다 [...]

> 아시아 제바르에게 '시스트럼'은 서로 부딪쳐 소리가 나고 울리게 하는 시적 기법의 이름이다 [...] 글쓰기의 시스트럼은, 어떤 이야기에나 노래의 로고스, 신들린 상태의 묘사에서 폐활동이 있음을, 언어는 언제나 그 여세를 몰아 쓴다는 점을 상기시킨다.[2]

"충돌", "마찰", "울림", "튀어오름"은 모국어 음성의 충동적이고 역동적인 만남을 나타내고, 이러한 움직임이 바로 문자 언어화를 이끌어내는 동력이 된다.

이 장에서는 모국어 음성이 알제리 여성의 목소리를 프랑스어로 옮기는(transcrire) 제바르의 작업의 출발점임을 살펴보고, 그 기능을 다각도로 검토할 것이다. 먼저 모국어가 어떻게 '서술자-작가'의 글쓰기를 촉발하는지 그 양상을 분석할 것이다. 가부장적인 아랍-이슬람 문화로 인한 고통과 식민지배의 폭력을 압축하고 있는 알제리 여성의 비

---

2   Mireille Calle-Gruber, *Assia Djebar,* série adpf (association pour la diffusion de la pensée française), Ministère des Affaires étrangères, 2006, p. 46.

명을 최대한 왜곡하지 않고 표현하기 위해, 제바르 소설의 서술자는 '듣는 여자(écouteuse)', 여러 목소리들이 오가도록 하는 '안내하는 여자 (passeuse)'의 입장을 취한다. 제바르가 연출한 두 편의 장편 영화는 이후 소설의 내용과 형식의 특징을 형성하는데 결정적인 영향을 미쳤는데, 그중에 1978년에 연출한 세미 다큐멘터리 영화인 「슈누아산(山) 여자들의 누바」(La nouba des femmes du mont Chenoua)에는 일반적인 관습을 깨고 이례적으로 여성들이 영화에 출연한다. 그리고 이들의 목소리를 듣기 위한 등장인물의 움직임과 인터뷰가 강조된다.

그러나 모국어와 프랑스어 사이의 위계질서가 존재하는 식민체제 하에서 모국어 화자는 소외를 경험할 수밖에 없고, 소설은 주로 자전적 경험을 통해 프랑스어의 이식으로 인한 모국어의 소외 양상을 보여준다. 결정적으로 사랑과 고통과 같은 내밀한 감정은 모국어로만 표현할 수 있다는 점에서 프랑스어는 한계를 지닌다. 물론 프랑스어 교육 덕분에 여성이 하렘에서 벗어날 수 있었고, 근대적인 남녀 관계를 형성하는데에 긍정적인 역할을 했다는 점을 배제할 수는 없으나, 본고에서는 모국어와의 관계와 모국어의 특징을 중점적으로 논의하고, 프랑스어와 식민지 여성의 관계는 이후의 장에서 논의할 것이다. 특히 남성 작가들의 작품에서 모국어와의 단절이 주로 트라우마로 인식되는 것과는 달리, 제바르의 작품에서는 알제리 전쟁 경험에 대한 여성의 구술 증언과 베르베르 문자의 존재와 관련한 역사적 고찰을 통해, 여성이 어떻게 모국어를 보존하고 전수하는 능동적인 역할을 수행하는지 보여준다.

2. 글쓰기의 원천

침묵 상태 혹은 잘 들리지 않는 소리, 언어화 이전의 목소리의 다양한 음색을 되살아나게 하는 번역 작업을 수행하는 제바르는[3] 침묵의 함성, 메아리, 탄식, 웅얼거림, 속삭임과 같이 '언어 이전의 언어'에 관심을 갖는다. 또한 "가슴을 찢는 외침"에서 시작하여 "기마행진의 죽음의 비명"으로 끝나는 『사랑, 기마행진』이 보여주는 것처럼, 강렬한 고통에서 나오는 절망의 목소리가 제바르의 소설을 '소리가 울리는 텍스트'로 만든다. 그런데 주지하다시피, 소리는 명확한 의미가 규정되기 이전 상태로서 우선적으로 감각적 경험의 영역이기에 소리라는 질료의 물질성을 우선적으로 지각한다. 예를 들어 이 소리는 "항해하고", "흐르는" "액체" 등으로 표현되는데, 의미가 확정되지 않은 상태의 소리는 일견 큰 힘을 발휘하지 못하는 것처럼 보이지만, "마르지 않는다"는 말처럼 내부에 폭발적인 힘이 잠복해있다.[4] 예를 들어, 『무덤 없는 여인』[5]에서 하니아 남동생의 혼인 잔치 장면에서는 손님들의 의례적인 말보다, "터지는 목소리", "치밀어 오르고 떨리게 부르는 소리들", "숨죽이며 헐떡이는 소리" 등이 분위기를 압도한다. 그리고 이 소리가 어머니를 일찍 여의고 동생들을 돌보았던 하니아의 회한을 환기하고, 종국에 하니아

---

3   Assia Djebar, *Femmes d'Alger dans leur appartement*, des Femmes, 1980, 「서곡」, p. 7.
4   Assia Djebar, *Ces voix qui m'assiègent*, Albin Michel, 1999, p. 12.
5   Assia Djebar, *La femme sans sépulture*, Albin Michel, 2002.

는 어머니의 과거와 자신의 과거의 경계가 무너진 상태에서 "이해하기 어려운 중얼거리는 소리"를 내뱉는다.[6]

특히 소설에는 여성의 목소리가 개방된 공간에서 증폭되는 순간이 자주 강조된다. 『사랑, 기마행진』 3부에서 서술자가 고통스러운 일을 겪고 난 후에 꾸는 꿈에는 어린 시절 친할머니의 장례식 날, 동네를 뛰어다니며 소리를 치던 장면이 자주 등장한다. 뜀박질에 도취된 어린 소녀는 "후두를 긁고 입천장에 가득 차 있던 뿌리 깊고", "망망대해와도 같은 깊은 울음"을 뱉는다.[7] 이 소설과 『내 아버지의 집에서 어느 곳도』에 등장하는 서술자의 자살 시도 일화에서, 몸을 던지는 충동과 함께 두드러지는 소녀의 비명[8]이 또 다른 예가 될 것이다. 특히 자살 미수 사건 이후 15년이 지나 파리의 거리를 걷던 서술자가 내뱉는 정체불명의 돌발적인 소리는 마치 목소리가 몸의 주인이 되어 의지를 가지고 내는 것처럼 멈출 줄 모르고 터진다.[9]

---

6 Assia Djebar, *La femme sans sépulture*, p. 5.

7 Assia Djebar, *L'amour, la fantasia*, pp. 271-272.

8 Assia Djebar, *L'amour, la fantasia*, p. 161, *Nulle part dans la maison de mon père*, p. 356.

9 "밤 풍경의 차가운 색조가 생생해지자 요 몇 달간의 외로움이 사라지고 불현듯 목소리가 터져나온다. 과거의 화산암 찌꺼기들을 전부 방출한다. 어떤 목소리인가, 내 목소리일까. 목소리가 겨우 분간된다. 먼저 소리를 내는 덩어리와 분탄이 마그마처럼 입천장에 걸렸다가 입 밖으로 거칠게 흘러나온다. 말하자면 그것이 나보다 앞서는 것 같다. 단 하나의 길고 가없는 무정형의 울음, 과거의 내 목소리, 내 굳은 기관器官에서 나와 몸속에 쌓인 점착된 침전물. 이름 없는 그 끈끈한 응고물, 알 수 없는 잔해의 흔적이 흘러나온다……", Assia Djebar, *L'amour, la fantasia*, p. 164.

이렇게 충동적이고 강력한 에너지, 무엇보다 화자의 고통이 담긴 여성의 생생한 모국어 음성은 듣는 이에게 강렬하게 전이되고, 궁극적으로 글쓰기의 계기가 된다. 『감옥은 넓은데』[10]의 첫 장에 등장하는 대중탕 일화는 모국어 한 단어가 어떻게 소설의 서술 동력이 되는가를 보여주는 대표적인 경우이다. 토요일마다 시어머니와 대중탕에 오는 서술자는 시어머니와 시어머니의 친구의 평범한 대화에서 남편을 지칭하는 원수라는 뜻의 "에두(l'e'dou)"라는 단어를 우연히 듣고 충격을 받는다.

거의 벗은 몸으로 나와 머리부터 발끝까지 여자들이 [베일을] 두르고 나가는 축축한 현관에서 내가 그렇게 맞게 된 'l'e'dou'란 이 말, 부드럽게 풀어주는 열기 속에서 나오는 '원수'라는 그 말이 기이한 어뢰가 되어 내 안으로 들어왔다. 당시 너무나 연약한 내 심장 깊은 곳을 관통했던 그러한 침묵의 화살이. 진정, 아랍어의 속살에 쌓인 한낱 신랄한 이 말이 내 마음의 깊숙한 곳, 그러니까 내 글쓰기의 원천을 무한정 송곳으로 뚫었다.[11]

아랍어 한 단어가 청자의 몸에 닿는 과정을 시각적, 청각적으로 묘사하는 이 장면은 알제리 여자들의 고통과 절망이 응축된 모국어가 청자의 몸에 각인되는 과정을 강조하고 있다. 물론 이 지역에서 이미 관용어로 쓰이는 단어가 매번 화자들에게 남편에 대한 증오심과 자신의 처지에 대한 비통한 감정을 상기시키는 것은 아니나, 오히려 그렇기 때

---

10   Assia Djebar, *Vaste est la prison*, Albin Michel, 1995.
11   Assia Djebar, *Vaste est la prison*, pp. 13–14.

문에 청자는 지역적, 세대적 괴리를 느끼며 단어의 의미를 강하게 인지한다. 그리고 타인의 고통을 자신의 것으로 체화하게 된 청자에게 이 단어는 글쓰기의 진원지가 된다.

제바르는 『나를 사로잡는 목소리들』에서 위의 경우처럼 의미가 불분명한 "언어의 어두운 상류", 다시 말해, 몸이 "전(前) 언어"를 감지하면서 "글쓰기 충동"을 자각하는 순간을 언급하고, 이를 엘렌 식수의 『글쓰기에 도래』(La venue à l'écriture)의 논의와 연결시킨다. 식수에 따르면, 갑자기 글을 쓰라고 요구하는 광기에 가까운 에너지는 "몸의 어떤 부분"의 자극에서 출발한다.[12] 이러한 글쓰기는 위계적이고 억압적인 사유를 구성하는 매개 언어가 아니라, 사회–상징 제도를 변화시킬 대안적인 언어가 될 가능성이 있다.[13] 알제리의 억압적인 문화를 드러내는 목소리가 여성들의 첫 번째 현실이라면,[14] 이를 체화하여 언어화하는 작업은 지금까지 공론화되지 못했던 "묻혀 있는 목소리"를 복원하여 반향을 만드는 것이다.

그렇다면 제바르 작품의 서술자는 기록자이기 이전에 모국어 목소리의 청자라 할 수 있고, 이 점이 서술자의 태도를 결정짓는다. 제바르는 "어떤 것을 위해 말한다거나" 아니면 "무엇에 대하여 말하는" 것이

---

12 Hélène Cixous, Madeleine Gagnon, Annie Leclerc, *La Venue à l'écriture*, UGE, 1977, pp. 17–18.

13 Priscilla Ringrose, *Assia Djebar, In Dialogue with Feminisms*, Rodopi, 2006, Introduction, p. 2.

14 Assia Djebar, *L'amour, la fantasia*, p. 255.

아니라, "가까이에서, 가능하다면 밀착하여"[15] 알제리 여성의 목소리가 들릴 수 있도록 하는 "목소리의 운반자(porteuse-voix)"가 되고자 한다. 그래서 서술자의 목소리에 우위를 두지 않고, 계층, 세대, 문화가 다른 여성들의 다양한 경험을 효과적으로 표현하기 위해 서술자나 등장인물을 '듣는 여자'로 설정하는 기법이 특징적이다. 이와 관련하여 작가의 소설 창작에 결정적인 영향을 미친 영화 연출 경험을 언급할 필요가 있겠다.[16] 제바르는 영화를 여성들에게 부과된 시선과 이동의 제약을 극복하고 이들의 목소리를 생생하게 구현할 수 있는 수단인 "영상-소리(image-son)"로 간주했다.[17] 〈슈누아산 여자들의 누바〉에서 중심인물 릴라가 직접 지프차를 운전하여 슈누아 일대를 누비는 이미지가 여러 번 등장하는데, 이는 여성의 자유로운 시선이 공간을 확장해 나가는 양상을 시각적으로 잘 표현하는 장면이다. 영화 중반부터 릴라가 슈누아의 촌부 6명을 만나서 알제리 전쟁 당시의 경험을 듣는 장면이 중심을 이루고, 여자들의 베르베르 대사에 프랑스어 자막이 붙어서 생생한 음성 전달과 청자의 이해를 동시에 도모했다. 같은 방식으로 릴라가 딸과 아랍어로 대화를 하는 장면에서도 모국어 고유의 어조와 리

---

15 Assia Djebar, *Femmes d'Alger dans leur appartement*, p. 9.

16 제바르는 영화 연출을 계기로 알제리 여성의 목소리, 특히 여성들의 감정과 감각을 표현하는 아랍 구어나 베르베르어를 구현하는 데에 관심을 갖게 된다. 작가는 영화 작업을 통해 알제리 여자들의 이야기를 듣는 방법, 여자들의 언어 사용 방식을 배우게 되었다고 언급한다. Assia Djebar, «Entretien avec Josie Fanon», *Des femmes en mouvement*, n°3, mars, Des femmes, 1978.

17 Assia Djebar, *Ces voix qui m'assiègent*, p. 176.

듬을 살린다.

「처소에 있는 알제의 여자들」에서 주로 관찰자 역할을 맡고 있는 중심인물 사라를 통해 여러 여성 인물들이 서로 만나는 설정 역시 특징적이다. 게다가 사라의 직업이 베르베르 전통 노래를 채록하는 연구자라는 점 역시 시사적이다.[18] 알제리 전쟁 당시 폭탄 운반책이었고, 고문 후유증을 겪고 있는 친구 레일라, 아직도 낡은 관습을 고수하는 아버지와 갈등을 겪는 신세대 여성인 소니아와 바야, 알제리 독립 이후에 태어난 세대로서 국가주의적 영웅담을 학습 받아 사라에게 세대 차이를 느끼게 하는 남편의 아들인 나짐, 사라를 따라 아랍 대중탕에 가보게 된 사라의 유년시절 친구 프랑스인 안, 소설에서 사라의 삶과 가장 이질적인 인물이라고 할 수 있는 마사지사인 파트마 모두 사라를 매개로 한 인물이다. 그렇기 때문에 소설 초, 중반부에는 사라의 직접 화법이 많이 등장하지 않고, 그녀가 관찰하고 만난 사람들의 사연과 생각이 주로 서술된다.

『무덤 없는 여인』은 소설 전반에 걸쳐 1인칭 혹은 3인칭 서술자를 이야기를 듣는 위치로 설정한 경우이다. 알제리 전쟁에서 활약한 여성 혁명가 줄리카(Zoulikha)의 삶을 구체적으로 추적하기 위해 세자레를 찾은 서술자에게 다음과 같은 명칭이 붙는다.

'방문객', '손님', '외부인' 아니면 때로는 '그다지 낯설지 않은 외

---

18 『감옥은 넓은데』의 1부의 중심인물 이즈마 역시 알제리 옛 노래를 조사하기 위해 베자이아 지역으로 간다.

부인', 그리하여 이런 표현 모두가 나를 지칭하는 것일까?

"이 외부인"은 줄리카의 두 딸인 하니아와 미나, 친척, 친구의 기억이 서술의 중심이 되도록 "청취자", "인터뷰하는 사람"의 위치에 놓인다. "방문객", "손님", "외부인"은 소설 곳곳에서 줄리카의 행적과 증언을 찾아나서는 인물이자, 궁극적으로는 작가의 분신이다. 특히 "외부인이지만 그렇게 낯선 존재는 아니다"라는 표현에서 자신이 만난 알제리 여자들에게 느끼는 유대감과 이질감이 동시에 드러난다. 소설의 배경인 세자레는 줄리카의 고향이자 서술자의 고향이고, 줄리카의 큰딸이 살고 있는 집과 서술자 아버지의 집은 담벼락을 마주한 이웃이므로 각 집안의 사정을 잘 알고 있다. 물론 줄리카의 경험은 서술자의 직접 경험이 아니고, 고향을 떠난지 한참이 되었으므로 그곳 여성들의 삶도 낯설다. 그렇지만 서술자는 자신의 개인적 기억과 알제리 전쟁 여전사를 둘러싼 역사적 사건이 결코 별개가 될 수 없음을 인식한다. 그래서 "낯선 손님"이 세자레에 대한 기억과 역사를 공유하고 있다는 점 때문에, 소설이 전개되면서 줄리카의 딸들은 서술자에 대한 경계심을 풀었고, 이들로부터 어머니 줄리카에 대한 기억을 생생하게 들을 수 있었던 것이다.[19]

「파티마의 이야기의 밤 *La nuit du récit de Fatima*」은 모국어 여성

---

19 '방문객'과의 만남이 반복되면서 둘째딸 미나는 자신의 첫사랑 일화를 이야기해주는 등 경계심을 풀게 된다. 그리하여 소설 후반부로 갈수록 미나의 발화량이 많아지고, 11장 「미나의 목소리」에서는 어머니를 만나러 산에 올라갔던 경험이 구체적으로 서술된다.

화자의 말하기와 듣는 과정이 소설의 주요 장면을 구성할 뿐만 아니라, 소설 전개의 핵심적인 동력이 됨을 보여주는 대표적인 경우이다.

"내 마음의 눈인 너에게 무엇을 말해야 할지, 내 불행에 대해 어디에서부터 시작해야 할까, 아마 내가 태어나기도 전의 초창기 줄거리를 털어놓아야겠지, 그러니까 나를 낳아준 사람에 대한 이야기를 말이야."[20]

서술자가 2인칭 청자를 구체적으로 호명하여 이야기를 건네는 소설의 첫 대목은 화자와 청자 사이의 거리를 좁히고, 앞으로 전개될 이야기가 말로 전하는 이야기임을 분명히 할 뿐만 아니라, 서술의 시간을 이야기의 시간으로 만들어 생생한 현장성을 강조한다. 시어머니 파티마는 한밤중부터 아침이 되기 전까지 어머니와 아버지의 결혼, 프랑스 학교 시절, 어린 나이의 결혼과 시집살이, 어머니가 사촌을 양자로 들여 키운 사연 등, 알제리 여자의 기구한 사연을 전하는 이야기꾼이고, 며느리 아니사는 시어머니가 이야기하는 중간에 공감의 표현, 질문, 이야기 진행의 종용을 통해서 이야기를 진전시키는 적극적인 청자 역할을 한다.[21] 소설 전체 5장 중에서 4장까지는 파티마가 아니사에게 가족사를 들려주는 부분이고, 4장의 마지막 부분에, 이제부터는 아니사가 화자가 된다는 예고를 거친 후에, 5장에는 아니사의 사연이 이야기된다.

---

20   Assia Djebar, *Femmes d'Alger dans leur appartement*, p. 15.
21   Assia Djebar, *Femmes d'Alger dans leur appartement*, pp. 30−31.

나, 아니사는 파티마의 며느리이다. 독립 이후 몇 달, 알제에
어머니 타오스와 동반했다. [...] 두 번째 이곳 방문에서 이어지는
밤에 파티마의 잠자리에 쪼그리고 앉아 새벽이 올 때까지 파티마
가 펼치는 이야기를 들었다.

그런데 이제 내가, 이야기라기보다는 평범한 고백에 뛰어들 차
례이다……. [22]

시어머니의 사연을 들으며 공감하고 질문을 던지던 청자 아니사는
어머니의 삶이 자신의 삶과 만나는 지점에 오자, 이제 자신이 이야기꾼
의 역할을 맡는다. 이처럼 화자와 청자의 자리바꿈을 통한 여성들의 모
국어 '말하기-듣기'는 계속된다.

3. 모국어의 소외, 사랑의 언어

그렇지만 피식민자들은 타인의 언어인 프랑스어 때문에 모국어의
소외를 경험하게 된다. 카텝 야신은 프랑스어를 사용함으로써 겪게 된
모국어와의 단절을 "내적인 추방", "탯줄을 두 번째로 끊는 일"과 같이
육체적인 고통에 빗대어 표현한 바 있다.[23] 1차적으로 프랑스어는 사물
과 사물의 지시어 사이의 긴밀한 관계를 방해함으로써 모국어의 소외
를 경험하게 한다. 제바르는 학교에서 배우는 프랑스어가 자신의 삶과
얼마나 괴리되어 있는지를 고백한다.

---

22   Assia Djebar, *Femmes d'Alger dans leur appartement*, pp. 43-44.
23   Kateb Yacine, *Le Polygone étoilé*, p. 182.

나는 프랑스어 외부에서 프랑스어를 말하고 쓴다. 즉 내가 쓰는 말은 내가 몸으로 겪는 현실과는 관계가 없다. 한 번도 본 적 없는 새 이름, 배운 지 십 년도 더 지나서야 구별하게 된 나무 이름, 지중해 북부를 여행하기 전까지는 향기를 맡아보지 못한 꽃과 식물의 어휘사전을 배운다. 그런 점에서 모든 단어는 내게 결핍, 신비감 없는 이국정서가 된다.[24]

프랑스 학교에 다니는 소녀는 생경한 동식물의 이름을 외워야 하고, "우리의 조상, 골루아(Nos Ancêtres, les Galuois)"로 시작되는 프랑스의 역사를 자신의 역사인 양 교육받아야 했다. 식민지 프랑스 교육의 특성을 잘 보여주는 이러한 일화는 앞에서도 논의한 바와 같이, 다른 마그레브 자전적 소설에도 빈번하게 등장한다. 또 다른 예로 모하메드 딥의 『큰 집』에는 알제리의 현실과 불일치하는 식민 교육의 실상이 적나라하게 서술된다. 등장인물 브라힘 발리는 "조국(patrie)"이란 말의 의미를 정확히 몰랐고, "어머니 조국"이라는 표현은 더욱 더 이해하기 어려웠지만, 선생님 앞에서 "프랑스가 우리의 어머니, 조국이다."라고 더듬더듬 말을 한다. 주인공 오마르 역시 선생님의 체벌을 피하고 빵을 선물로 받기 위해 자신의 집이 교과서에 등장하는 것처럼 "아빠는 흔들의자에 앉아 신문을 보고, 엄마는 자수를 하는" 프랑스식 가정과 같다고 둘러댄다. "거짓말을 가장 잘하는 학생이 학급에서 가장 좋은 점

---

24 Assia Djebar, *L'amour, la fantasia*, p. 261.

수를 받기" 때문이다.[25] 알베르 멤미의 지적처럼, 튀니지 정치인 무스타파 카즈나다 대신 콜베르와 크롬웰을, 베르베르 여전사 카헤나가 아니라 잔 다르크를 배우는 식민 역사 교육은 피식민자들을 "마리"와 "토토"로 만들면서 서서히 "문화적 기억상실"에 빠트린다.[26] 게다가 식민 언어와 모국어 사이에 형성된 위계질서는 여러 언어가 수평적인 관계를 맺으며 공존하는 풍요로운 다언어 상황을 가로막는다. 다시 말해, "절름거리는 이중 언어 상황(un bilinguisme qui boîte des deux jambes)"[27]에서 피식민자는 열등감을 체감하는 것이다.

무엇보다 몸에 자연스럽게 배어 있는 모국어의 운율은 다른 언어로 대체 불가능한 요소이다. 제바르가 코란 학교의 경험과 문학에 대한 애정이 계기가 되어 이슬람교 이전의 아랍 고전시에 관심을 갖게 된 결정적인 이유는 바로 아랍어 고유의 음악성 때문이었다. 예를 들어, 욕망과 쾌락에 대한 일종의 산문시인 『사랑, 기마행진』의 「시스트럼」 장(章)에는 아랍시의 풍부한 운율을 프랑스어로 최대한 구현하기 위해, 'r', 't', 's', 'ch' 자음반복과 'i', 'a' 모음반복 기법이 내용면에서뿐만 아니라, 형식면에서도 소리가 만들어내는 운율을 효과적으로 표현한다.[28] 제바르에 따르면, 프랑스어는 풍부한 "과육"과 같은 아랍어 각운의 음악성

---

25 Mohammed Dib, *La grande maison*, Seuil, 1996(Seuil, 1952), pp. 18–19.

26 Albert Memmi, *Portrait du colonisé*, pp. 120–123.

27 Albert Memmi, *Portrait du colonisé*, p. 125.

28 Assia Djebar, *L'amour, la fantasia*, p. 156.

을 전혀 살리지 못하고 "메마른 껍데기"로 만들어 버리기 때문이다.[29]

결정적으로 프랑스어는 열정, 부드러움, 애정과 같은 모국어 화자들의 내밀한 감정을 표현하는 데에 한계를 지닌다. 『감옥은 넓은데』의 자전적 서술자에게 유년기에 고모와 보낸 시간을 회상할 때 가장 강하게 떠오른 것은 고모가 자신을 부르던 말의 어조, 음색, 목소리의 떨림이었다. 오랜 시간이 흘러도, 몸은 모국어의 "비밀스러운 울림"[30]에 담긴 특유의 부드러움과 환대의 감정을 기억하고 있는 것이다. 마찬가지로 『사랑, 기마행진』의 고향 방언인 "하누니(hannouni)"란 말은 서술자의 무딘 청각을 일깨워 어린 시절을 환기한다.[31] 이 단어를 프랑스어로 "다정한(tendre)"이나 어감을 좀 더 살려 "다정다감한(tendrelou)"으로 번역한다 할지라도 그 어조와 울림까지 옮길 수는 없다. 『감옥은 넓은데』 1부의 서술자는 동향 사람이 자기에게 프랑스어로 말할 때, 프랑스어가 마치 가면처럼 느껴지는 반면,[32] 누군가가 모국어로 말을 건네는 행동은 동지애, 우정 더 나아가 애정을 효과적으로 표현하는 신호로 여긴다고 고백한 바 있다. 『사랑, 기마행진』의 서술자 역시 사랑을 표현하는 모국어의 특성을 다음과 같이 서술한다.

내가 변덕이 나서 그 [동향 사람]와 나 사이의 거리를 좁히고

29　Assia Djebar, *Nulle part dans la maison de mon père*, p. 278.

30　Assia Djebar, *Vaste est la prison*, p. 304.

31　Assia Djebar, *L'amour, la fantasia*, p. 116.

32　Assia Djebar, *Vaste est la prison*, p. 89.

싶을 땐 굳이 행동으로 친절함을 표현할 필요가 없었다. 모국어 대화로 넘어가는 것만으로 충분했다. 어린 시절의 익숙한 소리로 돌아가 나누는 소소한 대화, 그것은 분명 우정이라 할 수 있는 은근한 동질감을 확인하는 방법이었다. 그저 아는 사이에 불과하지만, 기적이 일어나 사랑의 감정이 생기지 말라는 법이 있겠는가.[33]

더 나아가 이 말은 남녀 관계에서 경험할 수 있는 감각적, 관능적인 감정까지 불러일으킬 수 있다.[34] 『프랑스어의 실종』의 중심인물 베르칸은 프랑스인 애인 마리즈와 결별하고, 20여 년의 프랑스 체류를 마감한 뒤 고향 알제리로 돌아온다. 이곳에서 자신처럼 망명 생활을 하다 알제리로 돌아온 나지아란 여자를 우연히 알게 된다. 처음에는 서먹한 사이였던 두 사람이 가까워진 계기는 베르칸이 나지아에게 "네 이야기를 해줘, 아랍어로!"라고 요청한 이후부터였다. 물론 나지아의 어머니는 모로코 사람이라 베르칸에게 나지아의 억양이 낯설게 느껴질 것이므로, 이 경우는 앞서 언급한 '하누니'의 경우와는 조금 다르다. 그렇지만 베르칸이 오랜 연인 마리즈에게 끝내 모국어로 진심을 표현할 수 없었던 한계를 느낀 것과는 대조적으로, 베르칸은 나지아의 아랍어를 통해 모계 방언, 카스바의 유년기 추억을 떠올렸고, 두 사람은 급격하게 친밀한 관계가 된다.

제바르의 소설 중에서 여성의 욕망을 가장 주체적으로 표명하는

---

33 Assia Djebar, *L'amour, la fantasia*, p. 184.
34 Assia Djebar, pp. 117-118.

소설이라고 평가할 수 있는 『스트라스부르의 밤들』은[35] 모국어가 아랍어 여성 화자와 아랍어를 전혀 모르는 프랑스 남자 사이에서도 사랑의 언어가 될 수 있음을 보여준다. 알제리 출신 텔자와 스트라스부르와 독일의 국경 도시를 오가는 프랑수아는 두 사람 모두에게 낯선 경계 도시인 스트라스부르의 여러 호텔을 다니며 육체관계를 맺는다. 두 사람의 프랑스어 대화는 깊은 감정을 나누는 데에 한계가 있었기 때문에 둘 사이에는 눈빛, 몸짓, 더 나아가 침묵의 순간이 더욱 강력한 소통 수단이 되었다.[36] 그런데 이야기가 진행되면서 텔자의 입에서는 프랑수아가 이해할 수 없는 언어의 발성과 리듬, 새가 지저귀는 것과 같은 노래가 나오고, 텔자가 발음, 리듬, 분절된 문장표현과 사랑의 관계를 언급하기 시작하면서 두 남녀의 경계가 조금씩 허물어지고 더욱 강한 결속이 예고된다.[37] 「여섯 번째 밤」에 이르러 프랑수아가 부드럽고 낮은 목소리로 텔자에게 말을 건네자, 텔자의 웃음소리와 낭랑한 목소리는 둘의 몸짓과 하나가 되고, 관계를 나누는 와중에 갑자기 텔자의 입에서 '타인, 너(autre, toi)'라는 뜻의 아랍어 "인타(inta)"가 나오는 순간에 두 사람의 결속은 더욱 강화된다.

35 진인혜, 「Assia Djebar 작품에 나타난 여성상의 변화 - 여성과 욕망」, 『불어불문학연구』, No.104, 2015.

36 Assia Djebar, *Les nuits de Strasbourg*, pp. 116-117.

37 Assia Djebar, *Les nuits de Strasbourg*, p. 225.

4. 여성의 모국어 보존과 전수

그런데 제바르 작품에서 모국어를 논의하는 관점은 남성 작가들의 경우와는 차별점이 있다. 앞서 언급한 대로 카텝 야신과 여타 남성 작가들은 존재의 소외를 야기하는 모국어와의 단절을 중요하게 다루지만, 이것을 부정적인 충격으로 논의하는 것에 그치는 경향이 있다. 그런데 이러한 관점은 자칫하면 모국어를 '상실된 대상인 어머니'라는 존재로 신화화할 수 있다. 예를 들어 2부에서 논의한 대로, 카티비는 자신이 사용하는 두 언어인 모국어와 프랑스어를 여성의 은유로 서술하면서 남성 화자와 여성적 언어의 만남을 이성애적 만남으로 비유한다. 카티비가 『두 언어로 된 사랑』에서 서술자 남성과 프랑스 여자의 만남을 아랍어와 프랑스어의 만남의 알레고리로 서술하면서 강조하려는 것은, 만남을 통해 생성된 긴장이 시적 언어의 토대가 된다는 점이었다. 그렇지만 이 경우에 언어와 여성이 동일시되어 추상화될 우려가 있다는 미레유 로젤로의 지적은 흥미롭다.[38]

이와는 달리, 제바르는 소설화된 역사 서술을 통해서 모국어를 보존하고 전수하는 여성의 능동적인 역할을 적극적으로 고찰한다. 먼저 기존의 역사서술에서는 가치 절하되었으나, 피식민 여성의 관점에서 알제리 전쟁의 중요한 사료 역할을 하는 문맹 여성의 증언을 들 수 있다. '자전적 이야기'와 '역사 이야기'가 교차 반복되면서 개인의 경험이 공동

---

38 Mireille Rosello, *France and the Maghreb*, p. 104.

체 역사의 차원으로 확장되는 『사랑, 기마행진』의 1, 2부와, 『감옥은 넓은데』의 3부에서 영화 촬영일지와 자전적 서술자의 모계 역사의 교차 구성에서 볼 수 있는 것처럼, 제바르는 여성 개인의 삶이 어떻게 집단적 기억을 형성하는가에 관심을 갖는다. 이때 여성의 구술 증언을 역사 서술에 적극적으로 반영하는 기법은 소위 '거시사'나 '공식 역사'에서 누락된 역사의 진실을 조명한다. 특히 아랍 여성의 1인칭 증언이 부분적으로 직접 화법으로 등장하는 것이 아니라, 소설의 독립적인 장(章)으로 배치되는 방식은 3인칭 서술자의 윤색을 거치지 않고 증언자의 말투와 생생한 감정을 드러낸다는 장점이 있다. 대표적으로 『사랑, 기마행진』 3부 1, 2, 3악장의 「목소리」 장과 4, 5악장의 「과부의 목소리」 장에는 알제리 전쟁 때 무장 독립투사로 활동한 오빠를 회고하고, 빨치산 간호원 보조를 했던 경험, 5년 동안 혁명군의 은신처를 제공했으나 독립 후에 자신의 집을 되찾을 수 없었던 중년 여자, 전쟁 당시 남편과 세 아들을 잃은 과부의 이야기가 펼쳐진다.

　　아들은 전투에서 온몸으로 싸웠어. 육탄전이었지! 아들의 반쯤 벌어진 배에서 창자들이 튀어나왔고! 어느 농부가 건네준 머릿수건으로 배를 묶어 창자가 더 나오지 않게 하고 가까스로 버텼는데. 이틀 후 빨치산 의사가 진찰을 하고 배를 꿰맸지. 물론 목숨은 건졌지만, 그렇게 해서 불구가 된 거야.[39]

39　Assia Djebar, *L'amour, la fantasia*, p. 227.

증언자는 동포의 배신과 아들의 부상이라는 극적인 사건에 대해서 섬세한 감정 표현이나 심층적인 평가 없이 사실만 간단하게 언급하거나, 끔찍한 사건이 진행되는 과정을 순차적으로 나열할 뿐이다. 증언에는 알제리 해방을 위해 복무하는 투쟁 의지도, 거창한 소명 의식도 드러나지 않지만, 역설적으로 단순한 구어 표현을 그대로 옮긴 간결한 문체가 비극적인 상황을 강조한다. 또한 이 소설의 이탤릭체 부분의 현학적이고 비일상적인 표현과는 대조적으로, 제바르 소설의 문체 중에서 가장 이질적인 촌부의 증언은 매우 평이한 단문의 나열로 이루어져 있고, 증언자의 기억이 생생하게 떠오르는 장면에서는 직접 화법 대화가 자주 재연되면서 이야기의 진실성은 더욱 강화된다. 문맹인 촌부는 오직 구술을 통해서만 기억을 보존하고 전달할 수 있다는 점에서 프랑스어로 쓰인 '기록의 허위성'을 고발하는 역할을 한다.[40] 『사랑, 기마행진』 1, 2부의 역사 부분이 프랑스의 관점에서 서술된 알제리 점령과 초창기 국지전 기록을 서술자의 관점에서 인용하고 재구성하면서 식민주의의 폭력을 드러내고 있다면, 3부의 구술 증언은 역사서에 등장하지 못했던 사건을 수면위로 드러낸다. 예를 들어, 1843년에 알제리 본을 떠나 프랑스로 가는 생타르노 장군의 인질들이 탄 배에서 이름 모를 임산부가 태아를 사산하여 바다에 버렸던 일화는 어느 역사서에도 기록된 바 없이, 부족 여자들의 입에서 입으로 전해지던 비극적인 사건이었다.[41]

---

40 Assia Djebar, *L'amour, la fantasia*, p. 212.
41 "한 세기 이상 회자되어 내 유년기에도 여전히 입에서 입으로 전해진 이 이야

또한 여성은 사라진 것으로 여겨졌던 베르베르 문자를 보존하고 전수하는 능동적인 역할을 수행했다. 『감옥은 넓은데』의 2부인 「돌 위에 지우기」는 두가 지역 비석에 새겨진 베르베르 문자의 정체와 운명이 여성과 긴밀하게 연관됨을 역사적으로 접근한다. 17세기 인물인 토마(Thomas d'Acros)는 두가의 폐허에서 2세기 동안 잠자고 있던 능을 발견하고, 묘비에 새겨진 낯선 언어에 열광한다. 주교의 비서였다가 터키인의 노예를 거쳐 튀니지에 머물며 이슬람교로 개종한 뒤 토마 오스만이 된 이 인물은 미지의 상형문자에 대해 무한한 호기심을 가졌다. 토마의 궤적은 정치적 소용돌이에 휘말려 □□□□로 망명하여 우연히 두□□□□□□□□□르자 백작의 경험으로 이어진다. 그러데 흐미로게도 19세기 고고학자 템플경의 경험이 중심이 된 3장에 이르러 이 수수께끼 문자가 새겨진 비석이 프랑스의 식민 지배를 증언하는 유적, 구체적으로 여성으로 환치된 알제리[42]를 의미하는 상징물로 서술된다. 템플 경은 관심사가 같은 덴마크인 팔베와 함께 1837년 10월 당레몽 장군의 전투, 라모르시에 장군 부대의 습격, 카스바 함락 등, 목격 장면을 기술한다. 그런데 이들은 침략자들의 잔인한 행위를

기 속의 당신, 이름 모를 당신을 상상해본다. 나는 메나세르 산 근처에서 이야기를 듣기 위해 늘 둘러앉는 무리 속에 자리를 잡았으므로…… 당신이 일행과 함께 《철가면》으로 유명해진 생트마르그리트 섬의 감옥까지 가는 동안, 나는 보이지 않는 당신을 재창조한다. 오, 내 할머니의 할머니뻘인 당신, 최초의 국외 추방자인 당신의 가면이 소설 속 철가면보다 훨씬 더 묵직하다! 프랑스 군인의 편지 어디에도 언급되지 않은 그 항해에 나서는 당신을 되살려본다……", Assia Djebar, *L'amour, la fantasia*, p. 267.

42   Assia Djebar, *Vaste est la prison*, p. 133.

사실적으로 묘사하거나, 도망치던 알제리인들이 추락하는 장면을 건조한 문체로 서술함으로써 본의 아니게 전쟁의 잔인함이 강조된다.[43] 특히 이들은 전쟁 성공 여부보다는 고고학자로서 비석의 파괴를 더 걱정했으나, 결국 침략자들은 비석을 두 동강 냈을 뿐 아니라, 코끼리가 여자를 감싸는 모양의 조각상을 훼손하였고, 이는 식민지 파괴를 상징적으로 보여준다.[44] 그러나 고고학자와 크로키를 그린 화가의 작업을 참고로 조각상은 복원했으나 비문은 제대로 복구할 수 없었다.

그런데 비석이 침략자의 손에 넘어갔음에도 불구하고, 문자의 정체가 여전히 묘연하다는 점은 식민지배와 언어의 관계에 대한 의미심장한 질문을 던진다. 이처럼 탈취한 물건의 암호 문자를 이해할 수 없다면 과연 그 대상을 완전히 소유했다고 할 수 있을까? 문자의 "사라진 의미"와 거기에서 도출되는 "지하의 메아리"는 남성 탐구자들이 끝내 완벽하게 정복할 수 없었던 대상의 존재를 보여준다.[45] 또한 해독할 수 없는 문자는 식민 지배자들에게 불안과 공포감을 준다. 예를 들어, 아흐메드 총독이 아버지에게 보낸 편지를 읽게 된 프랑스인 솔시는 이미 알고 있는 아랍어 이외에 모르는 언어로 쓰인 대목을 읽으면서 이를 정치 암호라고 생각했다.[46] 이와 유사하게, 프랑스군이 서술자의 어머니가 안달루시아 전통 노래인 누바의 가사가 적힌 공책을 독립운동과 관련된

43 Assia Djebar, *Vaste est la prison*, p. 136.
44 Assia Djebar, *Vaste est la prison*, p. 142.
45 Assia Djebar, *Vaste est la prison*, p. 145.
46 Assia Djebar, *Vaste est la prison*, p. 148.

위험한 문건으로 간주하여 찢어버린 사건 역시 이해 불가능한 언어에 대한 지배자의 불안, 정복자가 끝내 정복할 수 없었던 것의 존재를 잘 보여준다.[47]

그런데 이 문자가 사멸되지 않고, 여전히 구어로 사용되고 있을 가능성이 제기되었다. 사실 이 언어는 베르베르어의 고대 알파벳 표기였고, 모계 사회 전통이 강했던 투아레그족 여성들이 전수와 보존을 적극적으로 수행한 것이다. 게다가 아흐메드 총독이 프랑스군에 패한 이후에 투아레그족이 살았던 지역은 70년간 프랑스의 지배 영향력에서 벗어났기 때문에 문자 보존에 더욱 유리했고, 이 언어는 여성들의 구전 문학에서 여전히 노래로 남아 있었다.[48]

또한 이 소설에서 모국어를 보존하는 여성의 적극적인 역할을 수

유 때문에 아발레사를 떠나게 된 틴 히난은 각고의 모험에도 불구하고 두가 비석에 새겨진 문자보다 더 오래된 베르베르 문자(tifinagh)를 간직해 오다가 죽기 전에 친구들에게 맡긴다.

흔적이 거의 사라진 사막의 틴 히난, 오늘날 슬프게도 틴 히난의 유골은 흐트러졌지만 우리에게 유산을 남긴다. 즉 에트루리아어나 '룬' 문자만큼이나 오래되었으나 이것들과는 반대로 오늘날에도 여전히 소리와 숨결로 살랑거리는 소리를 내는 가장 비밀스러

---

47   Assia Djebar, *Vaste est la prison*, pp. 170-171.
48   Assia Djebar, *Vaste est la prison*, pp. 146-149.

운 우리의 문자는 바로 사막 깊은 곳에 있는 여성의 유산이다.[49]

모국어의 의미를 강조하고 있는 이 소설의 2부를 틴 히난의 이야기로 마무리하는 구성은 언어 보존자로서 여성의 역할을 부각시킨다. 게다가 언어 전수와 여성을 관련지어 논의할 때 여성을 '구어의 보존자'로 한정짓는 일반적인 경향과는 달리, 문화의 핵심 요소라고 할 수 있는 문자 보존을 위한 여성의 능동적 행위를 역사적으로 고찰했다는 점 역시 여성과 모국어가 맺고 있는 역동적인 관계를 제시한다. 이처럼 제바르의 역사서술은 전쟁, 땅의 정복을 중심으로 하는 일반적인 식민담론의 틈새에서 여성이 어떻게 모국어 보존의 능동적인 역할을 하는가를 강조했던 것이다.

---

49 Assia Djebar, *Vaste est la prison*, p. 163.

2장
여성과 프랑스어의 양가성

1. 프랑스어와 타인의 세계

제바르 소설의 인물들에게 프랑스, 프랑스인, 프랑스어는 우선 낯선 세계를 의미한다. 자신과 이질적인 존재에 대해서 흔히 느끼는 거부감과 매혹이라는 감정은 여러 소설에서 자주 등장한다. 『사랑, 기마행진』에는 아랍 부인들의 시선을 한눈에 사로잡는 프랑스 여자가 등장하는 장면이 있다. 자전적 서술자는 고향 마을 이웃집에 놀러온 프랑스 부인 딸의 갈색 머릿결과 날씬한 몸매가 드러나는 옷을 보고 경이로움을 표현한다. 서술자는 분명 자신의 아랍 문화에 대해 자부심을 가지고 있기는 하지만, 마치 인형 같은 프랑스 아가씨의 생경한 모습에서 아름다움을 느낀다.[50] 또한 『감옥은 넓은데』의 3부에는 서술자가 "균열, "결정적 단절", "전환"이라고 표현한 프랑스인과의 접촉 경험이 서술된다.[51] 2차 세계대전 중, 독일군의 알제 공습이 있던 날 밤에, 이웃에 사는 아버지의 학교 동료인 프랑스인 과부와 아들 모리스가 서술자의 집에 와서 도움을 청했고, 부모님은 아랍식 예법에 따라서 이들에게 안방을 내주었다. 처음으로 프랑스인과 가까이 접촉하게 된 세 살배기 아이는 부모님 방에서 자다가 깨서 자기 곁에 프랑스 중년 부인과 12살 소년이 누워 있는 것을 감지하고 혼란스러움을 느낀다. 아이는 졸지에 부모님이 사라진 듯한 두려움과, 자신과 완전히 "다른 세계(l'autre monde)"[52]에 살고 있는 두 사람이 새로운 가족이 된 것 같은 흥분이 뒤섞인 모호한 감정에 빠진 것이다. 평소 서술자는 동네 골목에서 모리스와 함께 놀았어도 가까이 다가오라는 모리스의 손짓에 응한 적은 없었다. 그런데 모리스와 한 공간에 있었던 그날 밤의 경험은 "그렇게 가깝지도 않고, 그렇다고 낯설지도 않은 프랑스인"[53]과의 만남에 대한 원형적 기억이 되었다.

그런데 제바르는 '프랑스', '프랑스적인 것', '프랑스어'가 지닌 고유의 한계를 계속 인식하고 있다. 소녀 시절에 겪었던 전쟁 경험을 이야기하는 할머니 셰리파의 목소리를 듣는 서술자는 프랑스어로 셰리파의 구술

50 Assia Djebar, *L'amour, la fantasia*, p. 36.
51 Assia Djebar, *Vaste est la prison*, p. 258, p. 263.
52 Assia Djebar, *Vaste est la prison*, p. 262.
53 Assia Djebar, *Vaste est la prison*, p. 266.

을 기록하는 자신의 행위가 그녀에게 "베일을 씌우는 것(je voile)"이라고 생각한다.[54] 소녀의 경험을 온전히 담을 수 없다는 것을 인식하고 있는 서술자는 프랑스어의 한계와 위험성에 대해서 다음과 같이 강조한다.

> 과거에 그 언어 [프랑스어]는 내 동족의 석관(石棺)이었다. 나는 사자(使者)가 침묵형이나 지하 독방형을 선고하는 봉인된 편지를 전하는 것처럼 오늘날 프랑스어를 착용한다.
> 그 언어 속에서 벌거벗는 것은 언제나 폭발의 위험을 유지하게 한다. 과거 적수의 언어로 자서전을 쓰는 것은……[55]

모국어가 아닌 언어로 글을 쓸 때의 한계는 식민 교육을 받은 알제리 출신 작가들의 공통의 문제와 관련된다. 앞 부에서도 논의한 바와 같이, 프랑스어 알제리 문학 영역에서 작가들은 어떤 언어로 창작을 할 것인가라는 언어 선택의 문제에 직면했다. 특히 1945년 전후로 형성된 알제리 근대 문학에 있어서 프랑스어는 작가들이 처한 사회, 문화적 조건과 직결된다.[56] 또한 다언어 환경에서 작가의 언어 선택 배경, 여러 언어들 사이의 긴장관계가 작품의 서문이나 후기에서 드러나거나 제바르의 경우처럼 소설의 중심 주제가 되는 경우가 빈번하다는 점을 확인한 바 있다. 좀 더 구체적으로 제바르의 경우를 살펴보자면, 『사랑, 기마행진』은 모국어가 아닌 언어로 자서전을 쓰는 작업이 어떻게 자서전

---

54 Assia Djebar, *L'amour, la fantasia*, p. 201.
55 Assia Djebar, *L'amour, la fantasia*, p. 300.
56 Assia Djebar, *L'amour, la fantasia*, p. 9.

을 허구로 만드는지 탐구하는 소설이라고 할 수 있고, 『감옥은 넓은데』의 2부는 베르베르 문자가 새겨진 비석에 착안하여 이 문자의 운명을 다룬다. 또한 후기 작품인 『알제리의 백색』, 『오랑, 죽은 언어』, 『프랑스어의 실종』은 관변화된 아랍어와 프랑스어의 관계를 중심으로 1990년대 알제리 사회의 갈등이 어떻게 드러나는지 중점적으로 보여주고 있다.

식민세대 작가들에게 프랑스어는 한편으로는 토착 언어와의 위계질서 속에서 인식되나 또 다른 한편으로는 선택의 여지가 없이 자연스럽게 사용 언어가 되었다는 점을 간과할 수 없을 것이다. 쥘 페리가 고안한 제3공화국 교육법의 핵심인 "문명화 사명에 따라 프랑스는 언어와 문화 동화정책의 기조 아래 교육기관을 매개로 토착민의 문명화를 추구했다. 그러므로 마그레브에서 프랑스어의 의미는 식민지배와 무관하게 프랑스어를 사용하게 된 지역과는 사회, 정치적 의미가 다르다. 여러 언어가 수평적인 관계를 맺으며 공존하는 풍요로운 다언어 상황이 되지 못하고,[57] 식민지배자는 문화적 우월감을, 피지배자는 열등감을 체감한다. 『감옥은 넓은데』에서 프랑스 학교 교사인 아버지의 동료들과 대화하기 위해 어머니가 프랑스어를 배우던 장면이 서술자에게 강렬하게 남아 있다. 당시 프랑스어를 잘 몰랐던 어린 서술자는 어머니가 자신의 말에 문법적인 오류가 없는지 아버지에게 물어볼 때의 떨리는 음성을 생생하게 기억하며, 서술자 역시 어머니가 다른 프랑스 부인들 앞

---

57   Albert Memmi, *Portrait du colonisé, Portrait du colonisateur,* p. 125.

에서 이상하게 보이지나 않을지 걱정했던 것을 회상한다.[58] 이러한 관점은 『아버지의 집 어디에도』의 자전적 서술자 소녀가 고등학교 시절에 펜팔을 통해 만나게 된 남자 대학생의 프랑스어 발음을 평가하는 일화에도 볼 수 있다. 소녀는 펜팔 상대의 발음이 자신과 다르다는 점을 단박에 느낀다. 자신처럼 어린 시절부터 프랑스어 학교에서 교육 받은 소녀들과 달리 대다수의 남자들은 토착 언어 특유의 방식을 'r' 발음을 굴린다. 남자 대학생에게는 자신처럼 프랑스 학교 선생님을 아버지를 둔 경우와 달리, 시골 태생의 가난한 농부의 아들로서, 토착 언어 발음 간섭 현상이 매우 강하게 나타난다.[59]

이처럼 토착 언어와 식민 언어 사이의 위계질서를 형성하는 식민체제는 공간 차원에서도 두 세계를 단절시킨다. 『아버지의 집 어디에도』에서 어린 시절 소녀가 관찰하고 경험한 식민지 사회의 양상이 바로 이와 같았다. 서술자는 중학교 기숙학교 시절에 방 옆자리 친구 자클린과 친하게 지냈고 둘이 가까운 곳에 살았음에도 불구하고, 단 한 번도 자클린의 집에 가본 적도, 자클린이 서술자의 집에 놀러온 적도 없었다.

> [...] 나는 본능적으로 '나의 지위', 내가 속한 집단인 '토착민'의 지위를 되찾았다. 그렇다, '그들'에 대해서는 아랍어로 나의 어머니와(터키탕의 여자들처럼) 더불어 '그들'이라고 명명했을 따름이다. 단지 그뿐이다!

---

58 Assia Djebar, *Vaste est la prison*, pp. 256-257.
59 Assia Djebar, *Vaste est la prison*, pp. 268-269.

그렇게 식민지 분할은 오랫동안 있어 왔다. 다시 말해, 아무 데나 한 번에 이유 없이 자른, 아직 껍질을 벗기지 않은 오렌지와 같이 서로 낯선 두 부분으로 나뉜 세계![60]

프랑스인은 알제리인들을 "토착민"으로, 알제리인은 프랑스인을 "그들"로 명명한 것처럼, 서로에게 타자인 두 집단은 차이를 통해 자신을 인식했고 둘 사이의 보이지 않는 벽은 견고했다. 아랍인 농부들이 앉아 있는 무어인 카페와 양복을 빼입은 유럽인들이 맥주잔이나 아니스 술잔을 들고 카드놀이를 하고 있는 선술집은 매우 대조적인 공간이다. 소녀는 본래의 아랍어 지명에 익숙했기 때문에 프랑스어로 이름이 바뀐 거리에서 종종 길을 잃었다.[61] 이처럼 식민지 알제리의 공간 분리 양상은 확연했다. 『감옥은 넓은데』의 서술자에게도 두 세계의 단절은 원형적 기억으로 남아있다. 서술자의 가족은 프랑스 가족과 같은 아파트에 살면서도 "자신들과 다른 대기를 떠도는" 프랑스인들과 복도에서 의례적인 인사만 나눌 뿐, 서로의 집에 방문한 적이 없었고 각자 자신이 속한 집단만을 볼 뿐이었다.[62] 문제는 "세련되고, 부유하고, 조금은 거만한"[63] 프랑스인들의 세계, 달리 말하면 『사랑, 기마행진』에서 알제리 소녀들이 프랑스 부인의 딸의 갈색 머릿결과 날씬한 몸매에 감탄하

---

60   Assia Djebar, *Nulle part dans la maison de mon père,* p. 180.

61   Assia Djebar, *Nulle part dans la maison de mon père,* p. 113, p. 144.

62   Assia Djebar, *Vaste est la prison,* pp. 256–257.

63   Assia Djebar, *Vaste est la prison,* p. 257.

는 것에서 볼 수 있듯이[64] "그들의 세계"는 "우리들의 세계"와는 다르게 아름답다고 여기는 열등감이 형성되었다는 점이다.

2. 저항의 수단

그렇지만 프랑스어로 글을 쓰는 알제리 작가들에게 프랑스어가 지배자에게 불만과 증오를 드러내는 저항의 도구로 전용(轉用)될 수 있다는 점은 흥미롭다. 피지배자가 자신을 위협하는 존재에게서 빼앗은 무기를 가지고 자신의 존재를 증명하는 수단으로 프랑스어를 사용하는 상황도 벌어질 수 있다.

> 130년 동안 알제리 민중들은 강도 높은 투쟁을 통해 그들을 억압했던 이들과 소통할 가능성을 얻었다. [...] 그리고 갈등의 언어를 말하는 민중들은 투쟁의 동지 그 이상일 수 있다. 프랑스어로 글을 쓰는 것은 더욱 고양된 차원에서 낙하산부대로부터 총을 빼앗는 것과 거의 같다! [...] 프랑스어를 사용하는 것이 외세의 대리인이 되는 것을 의미하지 않으며, 난 내가 프랑스인이 아니라고 프랑스인들에게 말하기 위해 프랑스어로 쓴다.[65]

유사한 맥락에서, 『프랑스어의 실종』의 중심인물인 베르칸의 아버지가 교장 선생님을 만난 일화는 프랑스어의 이중적인 기능을 확인할

---

64 Assia Djebar, *L'amour, la fantasia*, p. 36.
65 Kateb Yacine, *Le Poète comme un boxeur*, p. 56, p. 132.

수 있다. 수업 시간에 베르칸이 초록색으로 알제리 국기를 그리자, 프랑스인 선생님은 크게 화를 내며 아버지를 오라고 다그쳤고 베르칸의 아버지는 황급히 교장선생님과 면담을 하게 된다. 베르칸은 아버지에게 벌을 받을까 무서웠으나, 의외로 아버지는 아들을 안심시킨 후에 마치 "터키 기사" 혹은 "카이드(caïd: 북아프리카 이슬람교의 지방 우두머리)"처럼 전통 복장을 갖춰 입고[66] 학교를 방문한다.

> "교장 선생님께서는 앞에서 프랑스 군대의 옛 전사를 보고 계십니다! (사이드는 프랑스를 향해 경례를 하듯 조금은 모호하게 손을 이마에 얹는 손짓을 한다) 그렇습니다, 저는 르클레크 사단에서 5년 간 복무했습니다. 아버지는 말을 잇는다 [...]
> 제 아들은 훌륭한 프랑스 군인이 될 겁니다!"
> 그리고 나서 아버지는 교장실에서 전날의 선생님과 교장 선생님의 따귀는 쓰다듬는 것으로 느껴질 정도로 거칠게 내 따귀를 때린다.
> [...] 아버지는 온화한, 매우 온화한 시선으로 나를 바라본다!
> [...]
> "우리 국기를 알고 있으니 넌 진정한 내 아들이로구나... 그러나 참아야 한단다. 우리 앞에서 깃발이 펄럭일 그 순간이 올 거다"[67]

비록 사비르어 (sabir: 북아프리카와 지중해 동쪽 연안지방에서 쓰인 아랍어·불어·스페인어·이탈리아어의 혼성어)가 섞인 거친 억양의 프랑스어

---

66 Assia Djebar, *La disparition de la langue française*, Albin Michel, 2003, pp. 48-49.
67 Assia Djebar, *La disparition de la langue française*, pp. 49-51.

였지만, 아버지는 프랑스어를 말할 수 있었기 때문에 교장 선생님이 내뱉은 "우스꽝스런 옷차림"과 같이 잘 모르는 단어의 뜻을 대략적으로 유추할 수 있었다. 아버지는 일단 아들의 체벌을 피하기 위해 프랑스 선생님의 환심을 살만한 발언을 하고, 과장하여 아들의 따귀를 때린 것이었고, 집으로 돌아오는 길에는 아들의 애국심을 칭찬하는 모습을 보인다. 결국 프랑스어를 알았기 때문에 우선은 적대적인 세력의 모욕을 이해할 수 있었고, 또한 당장의 불이익을 피하기 위해 프랑스어를 활용했다는 점에서 식민지 피지배자에게 프랑스어는 복합적인 기능을 한다.

『아버지의 집 어디에도』 서술자의 아버지는 프랑스 학교의 유일한 알제리인 교사이다. 그는 아랍인 선생이라는 이유로 무례하게 굴었던 일을 부인에게 이야기한다. 자기 아들을 울렸다는 이유로 대뜸 반말을 하는 프랑스 학부모 앞에서 아버지는 당황하지 않고 당당하게 응수한다.

> 그리고 프랑스인은 대뜸 공격적인 어조로 아버지에게 말한다.
> "저기, 네가 우리 아들 울렸어?"
> "너라고? 너는 여기서 누구에게 말하는 건데? 네 양치기에게 말하는 건가? 노예한테?", 아버지가 바로 응수했다.
> [...] "네가 반말 했지? 나도 반말할게!", 아버지가 피에 누아르에게 말했다.
> 아버지는 침묵하더니 어머니와 내가 함께 상상하게끔 두고 부엌을 나갔다. 심지어 다른 알제리인들처럼 'r' 발음을 전혀 굴리지 않고, 완벽한 프랑스어로 대답한 큰 키의 이 아랍인 선생 앞에서

머뭇거리는 격노한 '유럽인' 얘기를 우리에게 하지 않고 말이다.[68]

이 경우에 "소시민인 본국인(petit colon)"의 프랑스어 억양이 훨씬 더 서민적이었고, 아버지의 프랑스어 발음이 더 완벽했다는 점이 흥미롭다. 특히 나무랄 데 없는 'r' 발음은 아랍인을 무시하던 프랑스인들의 우월감을 잠재우기에 충분했고, 오히려 아버지보다 교육 수준이 낮은 프랑스인의 무례한 태도가 두드러지는 효과를 낳았다. 『무덤 없는 여자』에서 몰타 출신인 유럽 여자보다 프랑스어를 유창하게 구사하는 줄리카가 자신을 "파트마"라고 멋대로 부르며 반말을 하는 여자 앞에서 당황하지 않고 "마리"라고 응수하고 항의한 사건 역시 위의 일화와 비슷한 사례이다.[69]

3. 알제리 여성과 프랑스 학교

그런데 제바르 소설에서는 특히 이슬람 여성의 프랑스어 사용이 남성 피식민자의 경우와 다른 쟁점을 제기한다는 점이 부각된다. 공적 교육의 기회는 물론이고 결혼 적령기부터 외부 출입마저 제한되는 알제리 여자들이 학교에 다니는 것, 더구나 프랑스 학교에 간다는 것은 가부장적인 아랍 전통문화에서 벗어나 공간의 자유를 얻는다는 의미이

---

68 Assia Djebar, *Nulle part dans la maison de mon père*, p. 44, p. 46.
69 Assia Djebar, *La femme sans sépulture*, pp. 23-24.

며, 프랑스어는 이러한 도전의 매개 역할을 한다.[70] 물론 남성에게도 식민 교육기관은 근대적 가치의 유입을 통해 이슬람 전통 사회의 문제를 자각하는 계기를 제공한다는 점에서 여성의 경우와 유사한 역할을 한다는 점을 간과하는 것은 아니다. 물루드 페라운의 자전적 소설인 『빈자의 아들』의 주인공 푸룰루는 옹색한 살림살이, 외할머니의 소액의 유산을 둘러싼 다툼, 농한기의 올리브 수확 일화를 중심으로 가난한 일상을 묘사한다. 척박한 카빌리아 지역에서 가난한 농부의 아들로 태어난 푸룰루는 아무리 노력해도 빈곤에서 쉽게 벗어날 수 없다는 점, 다시 말해 가난이야말로 자신이 세상을 이해하고 사람들과 접촉하는 핵심적인 문제이자 벗어날 수 없는 운명임을 깨닫는다.[71] 그러한 푸룰루에게 프랑스 학교에서의 학업 성취, 사범학교 진학은 제바르 소설의 아버지의 경우[72]와 마찬가지로 계층이동을 가능하게 한 결정적인 계기가 된다.[73]

또한 마그레브 소설은 이슬람 전통의 가부장적 문화에 대한 비판적 관점에서 출생부터 죽음까지 절대적인 영향력을 행사하는 가족 및 친인척 관계를 주요 주제로 다룬다. 작가들은 가족 구성원간의 갈등,

---

70 "그런데 외국어로 읽고 쓸 때는 내 몸이 여행을 한다. 나를 수상쩍게 여기는 이웃 부인들에게 굴하지 않고 금지된 공간을 오간다. 어쩌면 하늘을 날 수도 있으리라!" Assia Djebar, *L'amour, la fantasia*, pp. 260-261.

71 Assia Djebar, *L'amour, la fantasia*, p. 79.

72 Assia Djebar, *L'amour, la fantasia*, p. 298.

73 Mouloud Feraoun, *Le fils du pauvre*, pp. 144-145.

근대적 가치와 전통적 가족관의 충돌에서 야기되는 문제를 집중 조명한다. 예를 들어 드리스 슈라이비의 『단순한 과거』[74]는 모로코 부르주아 사회의 위선을 고발한다. "나리(le Seigneur)"라 불리며 집안에서 이슬람 신정정치를 구현하는 가부장적인 아버지는 실상 폭군에 불과하다. 메카 성지 순례를 네 번이나 다녀온 아버지는 기도 횟수와 예배 시간을 엄격히 지키며 아들의 유럽식 복장을 엄격하게 검열하는 전통주의자를 자처하지만, 실제로는 집안에서 몰래 술을 마시고 간통과 일탈을 일삼는 위선적인 인물이다. 그에게 종교란 가족들을 구속하고 권위를 유지하기 위한 수단에 불과하다. 이에 환멸을 느낀 아들 드리스 페르디(Ferdi는 아랍 방언으로 권총이란 의미)는 아버지에게 극단적으로 반항한다.[75] 이 소설은 비(非)사실적인 서술방식과 성상파괴적인 주제 때문에 출판 당시, 자국 문화를 모욕하고 어조가 지나치게 비관적이라는 이유로 전통주의자들에게 격렬하게 비난 받았다. 그러나 이슬람 사회의 문제를 도발적으로 다룬 이 소설은 당시 젊은 마그레브 지식인들에게 모로코 사회의 억압을 폭로하는 선구적인 작품으로 숭배의 대상이 되었다. 종종 이 소설과 비교되는 라시드 부제드라의 『일방적인 이혼』[76]에 등장하는 아버지는 50세의 나이에 15살 여자와 결혼하기 위해 부인에게 이혼을 통보했고 그 충격으로 아들 라시드는 정신착란에 걸린다.[77]

---

74   Driss Chraïbi, *Le Passé simple*, Gallimard, 1986.

75   Jacques Noiray, *Littératures francophones*, pp. 50−51.

76   Rachid Boudjedra, *La Répudiation*, Paris, Denoël, 1969.

77   Rachid Boudjedra, *La Répudiation*, p. 65.

친모의 고통과 아버지의 성적 욕망의 결과로서 새 신부가 흘리는 첫날밤의 피, 형의 광기, 호화로운 잔치를 즐기는 손님들과 음식을 얻어먹는 걸인 무리들의 모습이 뒤섞인 혼인 잔치 장면은 아버지에게 느끼는 서술자의 환멸이 특히 잘 드러난다. 라시드는 전통적 가족 체제에 반항하기 위해 새엄마의 애인이 되는 성적 일탈을 행한다. 그리고 드리스에게 프랑스가 훌륭한 도피처 혹은 새로운 삶을 위한 공간으로 제시되는 결말은 마그레브 사회에 대한 전면적인 비판을 시사한다.

이처럼 마그레브 사회 문제를 압축하는 가족 문제에 있어서 여성이 가장 큰 희생자라는 점은 분명하다. 이 작품들이 '부인'이자 '어머니'로 등장하는 여성이 겪는 부당한 사회적 대우를 잘 포착하긴 했지만, 시작부터 끝까지 여성을 '전통', '관습', '미신'을 대변하는 과거의 존재로 고정 서술하는 경향이 있다. 물론 '아버지의 왕국'에서 벌어지는 독재, 버림받은 부인이 선택하는 극단적인 방법인 자살, 두 사람 사이에서 아버지를 증오하고 어머니를 연민하는 반항적인 아들과 같은 인물 구도는 전(前)근대적인 마그레브 사회를 잘 반영한다. 그렇지만 이러한 도식적인 관계 설정이 반복되면 다양한 상황에 놓인 여성들 각각의 현실 대응 양상을 구체적으로 보여주지 못할 수 있다. 특히 여성이란 존재를 전근대의 수동적인 피해자로 일반화하거나, 서구 식민지배가 파괴한 전통적 가치와 동일시할 경우에 여성의 피해와 희생의 구체적인 양상이 간과되고 이들에 대한 고정적인 이미지가 형성된다. 결국 남성 작가와 남성 화자가 서술하는 '불쌍한 어머니'의 이미지는 작품의 배경처럼 상수가 된다.

이와 같은 점을 고려한다면 프랑스 학교 교육과 프랑스어가 여성에게 미친 영향을 남성의 경우와 다른 각도에서 검토해 볼 수 있을 것이다. 프랑스 학교는 이슬람 사회에 미치는 근대성의 가치를 새롭게 조명하는 계기가 되었다는 점에서 여성의 삶을 변화시키는 긍정적인 역할을 한다. 프랑스 학교에 다니는 여학생들에게는 밖에 '나가는(sortir)' 행위가 공식적으로 허용되고 나아가 베일을 벗을 자유에 더욱 근접할 수 있다. 특히 『사랑, 기마행진』의 첫 구절과 『아버지의 집 어디에도』에 반복 서술되는 '프랑스 학교에 가는 아랍 소녀'는 제바르의 여러 소설을 관통하는 핵심적인 모티프이다. 예를 들어, 「파티마의 이야기의 밤」에서 프랑스 군인인 아버지 투미가 딸 파티마를 프랑스 초등학교에 보낸 것은 1930년대 당시로서는 매우 드문 경우였다. 「학교」 장에서 파티마의 아버지와 파티마는 이 일을 중요한 사건으로 여러 번 언급한다.[78] 또한 파티마와 비슷한 시기에 지역에서 유일하게 학교를 다녔던 『무덤 없는 여자』의 줄리카가 결혼과 이혼을 스스로 결정하고, 자발적으로 알제리 독립 운동에 참여하는 주체적인 여성의 삶을 살 수 있었던 데에는 분명 프랑스 근대 교육의 역할이 컸다. 줄리카의 아버지 역시 『사랑, 기마행진』 서술자의 아버지처럼 딸에게 근대 교육을 시키는 것을 자랑스러워했다. 베일을 과감히 벗고 거리를 다니는 줄리카의 용기는 아버

---

78 Assia Djebar, *Femme d'Alger dans leur appratement*, p. 36.

지의 지원과 프랑스 학교의 영향에서 비롯된 것이었다.[79] '프랑스 학교에 다니는 아랍 소녀'의 이미지는 소설의 첫 대목을 변형하여 『사랑, 기마행진』의 후반부에 다시 한 번 서술된다.

> 아버지는 머리에 터키식 모자를 쓰고 곧은 자세로 마을의 거리를 걷는다. 아버지의 손이 나를 잡아끌고, 오랫동안 스스로 자랑스럽게 여기던 나―가족 중 처음으로 프랑스 인형을 갖게 된 나, 이런저런 여자 사촌들처럼 수의와 같은 베일 앞에서 발을 구르거나 등을 굽힐 필요가 없었던 나, 여름 혼인 잔치 때 베일을 쓰고는 변장을 했다고 생각했던 매우 멋을 부렸던 나. 결정적으로 유폐에서 벗어날 수 있었기에, 소녀인 나는 아버지의 손을 잡고 바깥을 걷는다.[80]

여자 사촌들과는 달리 밖에 '나갈 수 있게 된' 소녀의 행위가 마지막 부분에서는 '걷다'로 이어진다. 이를 두고 아버지의 경솔함을 비난하고 여자 아이의 일탈을 걱정하는 시선에서 볼 수 있듯이, 프랑스 학교는 이슬람 사회에서 여성에게 강요된 관습에서 벗어날 수 있는 기회로 강조된다. 이처럼 프랑스 학교가 알제리 소녀에게 "이동하는 몸"[81]을 만끽하는 공간의 자유를 선사해 주었다는 점은 의미심장하다.[82] 그런 점

---

79 Assia Djebar, *La femme sans sépulture*, 10장 「줄리카의 세 번째 독백」.

80 Assia Djebar, *L'amour, la fantasia*, p. 297.

81 "이동하는 몸(Corps mobile)"은 『아버지의 집 어디에도』의 2부 9장의 소제목이다.

82 "프랑스 학교 덕택에, 몸에 베일을 써야만 했을 나이에 난 바깥을 더 다닐 수 있다", Assia Djebar, *L'amour, la fantasia*, p. 253.

에서 체육 시간과 자유 시간에 틈틈이 하는 농구는 서술자에게는 특별한 체험이다.

> 사춘기가 시작되자 나는 운동 연습에 도취된 기분을 즐긴다. 목요일마다 흙탕물이 튀는 운동장에서 시간을 보낸다.[83]
> 특히 운동장. 그 곳에서 홀로 말이다. 반바지나 가끔은 치마를 입고 햇살 아래 혼자서 뛰어오르고, 돌진한다. 이 운동장에서 나의 자유가 넘쳐흐른다, 보이지 않고 마르지 않는 폭포처럼 완전히 그렇게.[84]

반바지를 입을 수 있는 운동 시간은 하렘 생활을 하는 소녀들과 외출 시에 베일을 써야 하는 아랍 여자들은 상상도 할 수 없는 일탈이었다. 마찬가지로 아직은 베일을 쓰지 않아도 되는 유년 시절에 골목을 달리거나 그네나 자전거를 타면서 만끽했던 쾌감,[85] 기숙학교 외출 날에 홀로 혹은 친구와 근처를 헤매고 다니며 해방감을 느꼈던 서술자의 경험은 아랍 여자들에게 있어서 복장 및 활동의 제약이 얼마나 강했는가를 잘 보여준다.[86]

다음 인용문은 아랍 여성에게 프랑스어의 긍정적인 역할이 공간과

---

83 Assia Djebar, *L'amour, la fantasia*, p. 253.

84 Assia Djebar, *Nulle part dans la maison de mon père*, p. 181.

85 Assia Djebar, *L'amour, la fantasia*, p. 19, *Nulle part dans la maison de mon père*, p. 48.

86 Assia Djebar, *L'amour, la fantasia*, pp. 253–254, *Nulle part dans la maison de mon père*, pp. 109–110.

맺는 관계를 강조하고 있다.

고대 5종 경기 선수에게 스퍼트를 위한 출발 신호자가 필요한 것과 마찬가지로, 오로지 내 몸, 내 몸은 외국 문자를 쓰자마자 움직였다.

마치 갑자기 프랑스어에 눈이 있어서 내게 자유롭게 볼 수 있는 눈을 준 것처럼, 프랑스어가 우리 종족의 관음증을 가진 남자들의 눈을 멀게 해 그 대가로 내가 자유롭게 돌아다니고, 온 거리를 돌진할 수 있는 것처럼 [...][87]

베일을 두르고 거리를 다니는 아랍 여자들이 아랍 남자들에게 성적(性的) 상상력이 담긴 무례한 시선을 받는 데 반해, 유럽식 옷을 입을 경우에는 오히려 자유롭게 돌아다닐 수 있다. 『아버지의 집 어디에도』의 서술자는 유럽 여자들 무리에 섞여 프랑스어를 사용할 때는 남자들의 시선으로부터 안전했지만, 자신이 베일을 쓰지 않은 아랍 여자임을 남자들이 눈치 채는 순간에, 그들이 유럽 여자에게 보였던 호의가 적대감으로 돌변하는 것을 경험한다. 이처럼 프랑스어는 베일을 벗은 아랍 여자들의 보호막이자[88] "세상과 타인을 향해 열린 문"이다.[89] 그런 점에서 알리(Ali)와의 거리 데이트는 아랍 여자가 베일을 벗고, 프랑스어로 대화를 나누며, 그것도 해질 무렵에 아랍 남자와 나란히 걷는다

---

87 Assia Djebar, *L'amour, la fantasia*, p. 256.
88 Assia Djebar, *Nulle part dans la maison de mon père*, pp. 305-306.
89 Assia Djebar, *Ces voix qui m'assiègent*, p. 74.

는 점에서 자유를 위한 시도라고 할 수 있다.[90]

『사랑, 기마행진』의 서술자의 펜팔과 3장에서 서술자 사촌 언니들의 펜팔 역시 하렘 생활의 답답함을 일시적으로 잊을 수 있게 하는 프랑스어의 기능을 잘 보여준다. 마을에서 유일하게 초등학교를 마친 언니들은 아버지가 결정할 강제결혼을 기다리는 처지였기 때문에, 외국에 사는 아랍 남자들과의 편지 교환은 프랑스어를 모르는 "심판자"인 아버지에 대한 소극적 반항이었다.[91] 또한 프랑스어는 수직적인 부부관계의 소통 방식을 변화시켜 궁극적으로는 관계를 수평적으로 변화시키는 계기가 된다. 프랑스어를 배우기 시작한 서술자의 어머니가 "내 남편(mon mari)"이란 표현을 사용하고 남편의 이름 "타하르(Tahar)"를 스스럼없이 말하게 된다.[92] 게다가 출장 중인 아버지가 관례대로 편지의 수신인을 아들이나 "집"이라고 모호하게 표현하지 않고 "부인(Madame)"이라고 한 일화는 당시 베르베르 지역 작은 마을에서 부부 관계의 변화를 보여주는 "미세한 혁신"이었다. 이에 대한 주변 부인들의 비난에서 알 수 있듯이 부모님의 행동은 분명 공동체의 관습을 거스르는 행동

---

90 Assia Djebar, *Nulle part dans la maison de mon père*, p. 224.

91 Assia Djebar, *L'amour, la fantasia*, pp. 21–23.

92 「아버지가 어머니에게 편지를 쓴다」(Mon père écrit à ma mère)라는 소제목 하에 서술된 이 일화는 아버지의 손을 잡고 프랑스 학교에 가는 소설의 첫 장면만큼이나 개인적 경험을 사회적 의미로 해석할 수 있는 사건임을 보여준다. 이슬람 문화에 따르면 공개적인 자리에서 부인이 남편을 지칭할 때 '내 남편'이라는 표현을 사용하지 않고 3인칭 '그' 혹은 높인 말인 '하주'(Hadj: 성지순례를 한 무슬림 남성을 높이는 호칭)라고 부르며, 부부간의 대화에서도 이름을 직접 부르는 법은 없다.

이었다.[93]

게다가 알제리 전쟁 세대 작가들 대부분은 아랍어로 작품 활동을 할 만큼 아랍 문어가 익숙하지 않았기 때문에, 작품언어로서 프랑스어는 최선의 선택이었다. 마찬가지로 모국어로 아랍구어를 구사했으나 어린 시절부터 고등교육까지 프랑스 학교에서 교육을 받았던 제바르에게 프랑스어는 자연스럽게 글쓰기 언어가 되었다. 제바르는 방과 후 6년 동안 코란 학교를 다녔던 것을 계기로 중학교 때 제2외국어로 아랍어를 공부하고 싶었다. 그러나 25명의 학급생 중 제바르만 유일하게 아랍어를 선택한 상황에서 영어와 라틴어를 제2외국어로 선택할 수밖에 없었고 결국 중학교 4학년이 돼서야 학교에서 아랍어를 배울 수 있었다. 그래서 제바르 세대의 대다수의 작가와 지식인들처럼 글쓰기에 있어서는 아랍 문어보다 프랑스어가 훨씬 더 익숙했고 더 잘 구사할 수 있었다. 그리고 제바르는 70년대의 영화작업을 계기로 프랑스어를 알제리 여성들의 구어를 표현할 수 있는 유일한 수단으로 받아들이게 되었다.[94]

그렇지만 제바르는 모국어 음성을 프랑스어로 옮길 때 목소리가 왜곡될 가능성을 끊임없이 인지했다. 제바르는 셰리파의 1956년의 전쟁의 기억을 프랑스어로 옮겨 적을 때 셰리파의 억양과 어감을 담지 못하는 것이, 보스케와 생 타르노의 알제리 점령 기록처럼 목소리에 베일을

---

93   Assia Djebar, *L'amour, la fantasia*, p. 55, p. 57.
94   Assia Djebar, *Ces voix qui m'assiègent*, p. 39.

씌우는 한계와 유사한 것이 아닐지 자문한다. 프랑스어로 자신의 이야기와 알제리 여성의 삶을 쓰는 것을 "베일 벗기(dévoilement)", "노출하기(se mettre à nu)"라고 설명하는 제바르는 결국 프랑스어가 여성의 몸을 온전히 표현할 수 없음을 강조한다.[95] 기마행진의 호전성을 북돋거나 결혼식과 같은 잔치에서 분위기를 고조시키는 마그레브 특유의 여성들의 유유(youyou) 소리나, 유년기에 서술자의 "이슬람 감수성"을 형성한 계기인 「아브라함의 애가(哀歌)」의 아랍 방언의 운율은 타인의 언어로 옮길 수 없는 고유한 몸의 언어이기 때문이다.[96]

제바르는 『사랑, 기마행진』에서 '타인의 언어로 자서전을 쓰는 작업'에 있어서 모국어와 프랑스어의 불화에 대해 다음처럼 서술한다.

> 바로 얼마 전, 한 세기가 넘는 프랑스의 지배가 살육전으로 끝난 뒤, 두 민족, 두 기억 사이에는 언어의 지대가 남아 있다. 너덜너덜한 누더기를 걸친 구어인 모국어는 숨 가쁜 두 호흡 사이에서 저항하고 공격하는 반면, 몸과 소리를 지닌 프랑스어는 내 안에 오만한 요새처럼 자리 잡는다. 내 안의 '르바토' 리듬이 달아오르면, 나는 포위된 외국인이 되는 동시에, 보란 듯이 죽음을 불사하는 토착민이 된다. 말과 글 사이의 헛된 흥분.[97]

---

95 "그러나 한 세기가 넘도록 지배한 옛 정복자의 언어 속에서 벌거벗는 것은 정확히 말해서 여성의 몸만 제외하고 모든 것을 점령할 수 있었다. 그러한 벌거벗기는 지난 세기를 기이하게 약탈하는 것이다." Assia Djebar, *L'amour, la fantasia*, p. 224.

96 Assia Djebar, *L'amour, la fantasia*, p. 239, p. 241.

97 Assia Djebar, *L'amour, la fantasia*, pp. 299-300.

특히 전쟁 용어인 "르바토"에 비유해 설명한 모국어 말과 외국어 글 사이의 갈등은 식민지배와 피지배, 여성과 남성의 관계를 전쟁에 빗댄 『사랑, 기마행진』의 일관된 기법과 맥락을 같이 한다. 보다시피 두 언어는 각각 "토착민"과 "외국인"이라는 정체성을 형성하는 중요한 요소로서 언어의 갈등은 서술자가 느끼는 정체성의 혼란으로 이어진다. 서술자는 알제리와 프랑스 두 세계 어디에도 속하지 못하는 이방인의 정서를 자주 느꼈다. 예를 들어 서술자 주변의 소녀들은 프랑스 학교에 다니며 유럽식 옷을 입고 프랑스 인형을 가지고 노는 서술자의 모습을 보고 서술자의 짧은 원피스나 체크무늬 치마를 만진다. 소녀들이 자신을 부러워하면서도 비아냥거릴 때 서술자는 자신이 낯선 존재라고 느낀다.[98] 이러한 상황이 "소외된 상황인지, 아니면 축복인지" 자문하는 혼란스러운 상황은 『무덤 없는 여자』의 줄리카의 경험과 닮았다. 어느 날 길을 지나던 농부가 줄리카를 보고, "프랑스인으로 변장한" 여자애라고 비난하면서 뒤에서 침을 뱉자, 줄리카는 자신이 또래와 다르다는 소외감과 몸의 자유를 누리는 기쁨이라는 상이한 감정을 동시에 느꼈다.

그렇지만 서술자는 유럽인들 사이에 있을 때에도 이방인이었다.[99] 서술자는 유럽인 친구들처럼 베일을 쓰지는 않았지만, 짧은 운동복을 입은 모습을 혹시 아버지가 볼까봐 전전긍긍하면서 자신이 아랍 여자

---

98 Assia Djebar, *Nulle part dans la maison de mon père*, pp. 17–18.

99 Assia Djebar, *Nulle part dans la maison de mon père*, p. 116.

라는 점에 "수치심"을 느낀다.[100] 그리고 아버지가 "시대에 뒤떨어지게 엄격한 사람"이나 심지어 "야만인"으로 비치지나 않을까하는 열등감 때문에 유럽인 친구들과 선생님에게는 절대로 이러한 걱정을 티내지 않았다.[101] 또한 무슬림 학생을 고려하지 않은 식단에 대해 학생들이 집단적으로 항의한 사건 역시 학내의 소수자였던 알제리 학생들의 소외감을 잘 보여준다.[102]

이처럼 서술자는 동포들에게는 선망과 비난이라는 이중적인 시선을, 동료인 프랑스인들에게 이방인으로 여겨진다는 점에서 두 세계 어느 곳에도 온전히 속할 수 없는 경계인이다.[103] 이같은 정체성의 혼란은 자신 역시 또래들과 하렘에 함께 있어야 하는 것은 아닐까 하는 "양심의 가책"으로까지 발전한다.

> 또래들과 같이 '뒤에', 규방에 머무는 것이 나의 '의무'가 아닐까? 갑자기, 주저하는 마음, 양심의 가책이 가슴을 엔다. 이어서 살결과 움직이는 몸에 닿는 햇빛에 흠뻑 취한 사춘기 소녀인 나에게 한 가지 의문이 떠오른다. '왜 나일까? 우리 집단에서 왜 나에게만 이런 행운이 주어진 걸까?'[104]

이동의 자유에서 오는 해방감과 죄책감을 동시에 느끼는 상황은

---

100 Assia Djebar, *L'amour, la fantasia*, p. 254.
101 Assia Djebar, *Nulle part dans la maison de mon père*, p. 260.
102 Assia Djebar, *Nulle part dans la maison de mon père*, 2부 6장, 「구내식당에서」.
103 Assia Djebar, *L'amour, la fantasia*, p. 261.
104 Assia Djebar, *L'amour, la fantasia*, p. 297.

서술자가 언어와 맺는 관계와 직결된다. 제바르는 자신과 프랑스어의 관계를 반목과 애정을 반복하는 "동거(cohabiter)"로 표현한다거나, 프랑스어를 "계모의 언어(langue de marâtre)"라고 명명했다.[105] 제바르가 모국어의 대체물이지만 해소될 수 없는 적대감의 대상인 프랑스어를 '피를 부르는 아버지의 선물'인 "네소스의 셔츠(La tunique de Nessus)"에 빗댄 것도 이러한 맥락에서 이해할 수 있다.

---

105 Assia Djebar, *L'amour, la fantasia*, pp. 297–298.

3장

1990년대 알제리의 "프랑스어의 실종"

1. 알제리 내전과 작가들의 상황

프랑스어와 다른 언어 사이의 관계는 제바르 작품의 긴장감을 형성하는 결정적인 요인이다. 제바르 작품 전반에서 프랑스어와 모국어의 불화는 보편적으로 등장하는 문제이다. 알제리의 1990년대는 테러와 폭력으로 점철된 '암흑의 10년'이었다. 독립 이후 알제리는 사회주의 계획 경제의 실패, 관료 사회 부패, 1980년의 '베르베르의 봄(Le Printemps berbère)' 사태에서 볼 수 있는 소수문화 탄압, 가족법 개악과 여성차별 심화, 아랍화 정책의 극단화로 인해 사회적 갈등을 겪으면서, 새로운 독립국가 알제리에 대한 기대는 환멸로 변모했다. 독립 운동의 중심세력이었던 민족해방전선(FLN)의 일당독재로 인한 사회적 문제가 누적되어 민주화에 대한 요구가 커지는 가운데, 1990년, 1991년 선거에서 급부상한 이슬람 구국전선과 군부의 충돌이 결정적인 계기가 되어 알제리는 10년 간 내전 상황에 치닫게 된다.[106] 국가적, 일상적 공포 속에서 언론인과 문인, 교육자들을 비롯한 지식인들이 살해 위협을 받고 급기야 대거 암살되는 상황에서, 알제리 작가들은 당면한 현실을 즉각적으로 증언해야할 필요성을 자각했다.

예컨대 라시드 미무니, 라시드 부제드라, 타하르 자우트 등은 이른바 "긴급함의 문학(la littérature de l'urgence)"을 실천함으로써 글쓰기와 현실의 관계를 제시했다. 트리스탕 르페를리에가 강조한 바와 같이 식민지배를 겪은 국가들의 경우, 알제리 전쟁과 관련한 기억을 보존하고자 하는 지식인과 작가들의 창작과 관련하여 문학장과 정치장의 관계는 긴밀하다.[107]

이런 맥락에서 제바르 역시 1990년대 정치 상황이 야기한 프랑스어의 변화된 입지와 직결된 문제를 다루고 있다. 주지하다시피 독립 이후 표준 아랍어가 국가 언어로 제정되고 프랑스어는 공교육에서 점차 배제된다.[108] 일련의 '아랍화' 정책은 알제리 사회의 다언어, 다문화를

---

106 Benjamin Stora, *La guerre invisible - Algérie années 90*, Presses de Sciences Po, 2000.

107 Tristan Leperlier, *Algérie, les écrivains dans la décennie noire*, CNRS Éditions, 2018, p. 26.

108 1963년 헌법은 아랍어를 국가 정체성의 요소로 제시한다. 1976년 두 번째 헌법에 따르면 이슬람은 국가 종교, 아랍어는 국가어이며, 정부가 공식적 차원에서 국가어 사용을 보편화할 것임을 명시한다.

억압하면서 정치, 사회적 통제를 더욱 강화했다.[109] 이러한 경향은 해방 이후 알제리 사회에서 지속되었지만, 1990년대에 들어서 극단적인 사회적 갈등으로 표면화되고 작품에 재현된다. 수업 시간에 무심코 숫자를 프랑스어로 말한 선생님이 대다수의 학생들에게 적대적인 시선과 적극적인 항의를 받는 「테러」(L'attentat)의 한 장면은 프랑스어가 식민지배의 잔재를 의미하는 '배신의 언어'로 통용되는 현실을 나타낸다.[110] 1995년 작품인 『감옥은 넓은데』 3부 마지막 장인 「글쓰기의 피 - 피날레」는 '고통과 글쓰기의 관계'를 다음과 같이 서술하고 있다.

이제 알제리, 너를 어떤 이름으로 부를까!
[…] 부재한다고 생각한 망자들이 우리를 통해 글을 쓰려는 증언자로 바뀐다!
어떻게 쓸까?
[…] 흐르고 있거나 이제 막 흐르기 시작한 피와 함께 어떻게 흔적을 남길까?
[…] 내게 피는 하얀 재로 남아있다.

---

109 프랑스어뿐만 아니라 알제리 인구의 20% 이상이 사용함에도 불구하고 소수언어로 취급되던 베르베르어 역시 아랍화 정책의 통제 대상이었다. 특히 베르베르족 중에서도 베르베르 고유의 문화와 언어에 대한 자부심이 커서 분리주의적 경향이 강했던 카빌리아족은 중앙 정부와 갈등을 빚었다. 1980년에 카빌리아 시에 대한 물르드 마므리의 강연이 강제 취소된 것에 반발하여 교사와 학생들은 티지 우주 대학을 점거했다. 대중 파업과 폭동이 이어졌고 이에 정부는 강경 진압으로 대응했다. '베르베르의 봄(Printemps Berbère)'이라 불리는 이 사태에서 베르베르어 문자인 타마지그어의 공용어 제정과 베르베르 문화 정체성 보존이 강력하게 요구되었다.

110 Assia Djebar, "L'attentat", *Oran langue morte*, Actes Sud, 1997, pp. 157-158.

그것은 침묵이다

그것은 후회다

피는 마르지 않고 그저 흐려질 뿐이다.[111]

제바르가 알제에서 이 소설을 쓰기 시작한 88년부터 파리에서 마무리한 94년까지 알제리 정치 상황은 계속 악화되었고, 제바르 작품의 서사와 현실의 관계도 더욱 긴밀해진다. 인용문에서 "오늘"이란 단어는 바로 글을 쓰고 있는 현재 시점, 다시 말해, '동족상잔의 대립'이 진행 중인 현재를 가리키며, 이와 같이 서술의 시간과 이야기의 시간의 일치가 작품의 시의성을 강조한다. 물론 80년대에 발표한『처소에 있는 알제의 여자들』,『사랑, 기마행진』,『술탄의 그림자』역시 1984년 가족법 개악과 관련한 알제리 여성의 사회적 지위와 같이 당대 알제리 사회의 문제를 다루고 있으나, 90년대 이후 소설에는 글쓰기가 생존과 직결된 문제라는 점이 훨씬 명시적으로 드러난다.[112]

제바르 역시 언어 문제 때문에 알제리를 떠나게 되었다. 70년대 후반에 알제리로 돌아와 영화 작업을 수행하였고 이후 알제 대학에서 교편을 잡았으나, 정부가 아랍어 강의를 강요하자 결국 알제리를 떠날 수

---

111 Assia Djebar, *Vaste est la prison*, pp. 345-347.
112 그런데 하피드 가파이티가 지적한 바와 같이, 제바르는 90년대 알제리의 정치 상황이 야기한 공포와 고통을 창작의 출발점으로 삼고 이를 재현하면서도, 소설의 형식과 문체 면에서는 오랫동안 대다수의 마그레브 작가들에게 기대된 이데올로기적인 접근에서는 점점 더 자유로워지려는 시도를 한다. Hafid Gafaïti,, «L'écriture d'Assia Djebar: De l'expatriation à la transnation», *Cincinnati Romance Review*, Vol. 31, 2011, p. 76.

밖에 없었다. 당시 대학 구성원의 60퍼센트가 조기퇴직하거나 유럽이나 북미로 망명을 했고, 1993년 이후에는 알제리 대도시에 있던 프랑스 문화 센터도 폐쇄되었다. 제바르는 1995년에 있었던 학회에서 자신의 창작 활동을 망명에 '대해서' 또한 망명 '상태에서' 글을 쓴다는 두 가지 의미에서 "망명의 글쓰기(L'écriture de l'expatriation)"로 표현한 바 있다. 망명의 글쓰기는 언제나 비극적인 상황을 전제로 한다.

> 본래 난민도, 이주자도, 추방된 자도 아닌 내가 『알제의 여자들』 이후로 집중적으로 글을 썼던 이 시기를 어떻게 정의할까 [...] 나는 오늘날 [...] '돌아갈 수 없는' 낭떠러지를 갑작스레 마주하게 한 두 나라의 경계에 이른다. [...]
>
> (이주의 경우처럼) 향수의 글쓰기도, (낭만적 여행처럼) 우수의 글쓰기도 아니고, 차라리 살아남은 자의 고집스런 흔적이다.[113]

자신의 처지를 소거법으로 정의하는 방식은 고국과 이국 어디에서도 안정된 정체성을 갖지 못하는 작가의 난처한 심경을 잘 보여준다. 특히 제바르는 대부분의 작품을 알제리에 잠시 머물거나, 알제리를 완전히 떠난 상태에서 집필했기 때문에 '망명의 글쓰기'라는 자기규정은 제바르 뿐만 아니라 비슷한 상황에 처한 알제리 프랑코폰 작가들의 인식과도 공통점을 갖는다.

---

113 Assia Djebar, *Ces voix qui m'assiègent*, p. 209.

2. "프랑스어의 실종"

제바르의 후기 소설 중에서 『프랑스어의 실종』은 이와 같은 '이중 적 추방상태'에 놓인 알제리인의 상황을 다루는 작품이다. 특히 소설의 제목은 90년대 알제리인의 정체성이 언어 문제와 직결됨을 상징적으로 제시한다. 소설의 1인칭 단편(fragment) 중에서 가장 많이 등장하는 서 술자이자 중심인물인 베르칸은 제바르 소설에서는 보기 드문 남성 서 술자이다. 그렇지만 이 인물은 알제리로 돌아와 프랑스어로 자전 소설 인 『청소년』을 쓰기 시작한다는 점, 각각 프랑스와 알제리의 환유인 여 성 인물 마리즈와 나지아("되찾은 나의 카스바")[114]와의 관계를 통해 모국 어와 프랑스어의 의미를 고찰한다는 점에서 '작가 제바르'의 분신으로 해석할 여지를 준다. 베르칸의 1인칭 서술과 3인칭 서술의 교차(1, 2부), 일종의 액자 속 이야기인 나지아의 유년 시절 고백(2부, 「여자 손님」), 베 르칸 실종 이후 주변 인물들의 시점으로 서술되는 3부의 기법은 제바 르의 다른 소설에서도 볼 수 있는 형식적 특징이다. 그중에서도 베르칸 이 마리즈에게 보내는 편지, 베르칸의 일기(2부, 「겨울 일기」, 베르칸이 쓴 미완의 소설(3부), 「나지아를 위한 서정시」(2부) 등, 베르칸이 쓴 글이 소 설 중간에 삽입되면서 '작가 베르칸'의 면모가 더욱 강조된다. 베르칸은 우연히 나지아를 알게 되어 그녀와 아랍어 대화를 나누고, 나지아의 과 거 이야기를 듣고 나서 소설 쓰기를 결심한다. 특히 나지아는 베르칸이

---

114 Assia Djebar, *La disparition de la langue française*, p. 135.

그동안 잊고 있었던 모국어 음성을 되살리는 데 결정적인 역할을 한다. 2부에 서술된 두 사람의 육체관계는 나지아와의 만남이 심화되었음을 제시하며 이는 글을 쓰고자 하는 베르칸의 강렬한 욕구로 이어졌다.[115] 게다가 소설의 다성적 형식은 망명객의 시선으로 바라본 90년대 알제리에 대한 보도성 증언을 탈피한다는 이점을 갖는다.

고향을 그리워하던 베르칸은 20여 년의 프랑스 이주 생활을 정리하고, 1991년 가을에 알제 카스바로 귀향한다. 소설은 그의 고백으로 시작된다.

> 그리하여 나는... 바로 오늘 고국으로 돌아온다.... 이상하게도 영어 '홈랜드(Homeland)'라는 말이 내 안에서 노래하고 있었다, 아니 춤추고 있었다. 더는 모르겠다. 짙고 푸른 바다를 마주하고 다시 글을 쓰기 시작한 이 날이 며칠인지, 아니, 그건 내가 돌아온 날도 아니요, 이 텅 빈 별장에 자리 잡은 지 사흘 후도 아니다. 나홀로 이곳에 역시 텅 빈 마음으로 가구도 거의 없는 위층에 자리 잡는다 [...] 아직은 쓸 만해 보이는 낡은 이탈리아 커피 주전자, 나처럼 낡았지만, 나처럼 '아직은 쓸 만'하다![116]

베르칸이 고향을 제3의 언어인 "홈랜드"라고 표현한 것, 날짜에 대한 모호한 기억, 자신의 심정을 대변하는 "텅빈" 공간과 "낡은" 사물은 20여 년의 프랑스 생활로 인해 알제리로부터 단절된 감정과 베르칸의

---

115 Assia Djebar, *La disparition de la langue française*, pp. 134–135.

116 Assia Djebar, *La disparition de la langue française*, p. 14.

무력한 상태를 잘 보여준다. 또한 이어지는 장에서 "베르칸은 파리 외곽에서 20년 이주 생활 후에 돌아와 있다."로 시작되는 3인칭 서술은 베르칸의 조기퇴직과 연인 마리즈에게 실연을 당한 후 프랑스 생활을 접고 알제리로 돌아오게 된 배경을 좀 더 객관적으로 제시하고 있다. 그렇지만 앞 장에서 사용된 형용사 "낡은(usé)"이 반복되면서 마찬가지로 베르칸의 심리 상태가 강조된다.[117]

베르칸의 귀향은 고전 서사의 영웅처럼 금의환향도 아니고, 고국 마르티니크로 돌아와 유럽 식민지배에 대한 신랄한 비판을 토로한 에메 세제르의 『귀향수첩』[118]의 경우와도 다르다. 유년기의 터전으로 돌아온 베르칸의 흥분과 기대,[119] 어린 시절에 겪은 식민지 알제리와 해방전쟁을 회고하는 베르칸의 향수는 곧장 실망과 환멸로 바뀐다. 독립 후 거의 30년의 세월이 흐른 카스바는 실업자, 좀도둑, 부랑자들로 들끓고, 사진가인 그의 친구 아마르의 표현을 빌리자면 "스탈린식의 흉측한 신(新)사실주의적인 스타일"[120]의 기념물이 즐비한 경직된 분위기를

---

117 Assia Djebar, *La disparition de la langue française,* p. 15.

118 Aimé Césaire, *Cahier d'un retour au pays natal,* Présence Africaine, réédition, 1983.

119 "[...] 이 소음, 이 혼돈, 이 잡탕, 높은 곳에 올라 앉아 바다와 파도를 향해 기울어진 이 산악 도시, 나의 카스바, 나는 그곳으로 돌아간다. 나는 다시 살기 위해 그곳으로 돌아간다. 그곳에선 내 가슴이 뛴다. 나는 그곳에서 잠들고 싶고, 언제나 안에서 회상하고 싶고, 언제나 바깥에서 달리고 싶다. 그래, 어제도, 오늘도, 언제나 그렇듯이 그날도 비록 내가 다른 곳에 있을지라도 나는 이곳에 있는 것이다...", Assia Djebar, *La disparition de la langue française,* p. 64.

120 Assia Djebar, *La disparition de la langue française,* p. 62.

띠고 있다. 이렇게 카스바는 이슬람주의자들이 지배하는 쇠락한 장소, "삶이 부재한 장소(non-lieux de vie)"가 되어 있었다.[121] 그리하여 3부의 제사(諸司)로 인용된 에밀리 디킨슨의 표현처럼, 베르칸은 "(자기) 집에서 집 없는 이(Homeless at home)"가 된 것이다.

그런데 베르칸은 격동의 91년 말과 92년 초를 보낸 후에 93년 9월에 전복된 자동차의 흔적만 남기고 홀연히 사라진다. 베르칸의 실종을 다루는 3부 「실종」은 이야기 전개상 단절된 부분일 뿐만 아니라, 1인칭 시점이 사라지고 베르칸의 주변인물인 드리스, 마리즈, 나지아을 중심으로 한 3인칭 시점으로 서술된다는 점에서 시점의 단절 역시 두드러진다. 1992년 이슬람 구국전선(FIS)이 승리를 거두었던 선거가 취소되고, 이듬해 대통령이 된 모하메드 부디아프가 암살되면서 정국은 더욱 혼란스러워진다. 그리고 군사정권과 교조주의적인 이슬람 구국전선 사이의 권력 투쟁 과정에서 대학의 프랑스어 교육 금지조치와 같이 프랑스어 사용에 대한 탄압은 더욱 거세진다.[122] 그렇다면 마리즈의 추측처럼 베르칸은 프랑스어 때문에 사라졌을 가능성이 크다. 프랑스어로 소설을 집필 중이던 베르칸의 행동이 실종 사건을 조사하는 경찰관에게 의심을 받았고, 기자인 형 드리스 역시 생존의 위협을 느껴 거처를 옮

---

121 Assia Djebar, *La disparition de la langue française*, p. 66.

122 90년대 초반 이슬람 구국전선이 부상하게 된 사회적 맥락과 정치적 갈등 양상이, 정치적 팜플렛과 문학작품을 쓴 라시드 미무니나 라시드 부제드라와 같은 작가에게 미친 영향에 관련해서 다음을 참고할 것. Bonn, Charles(dir.), *Paysages littéraires algériens des années 90: Témoigner d'une tragédie?*, L'Harmattan, 1999.

거 다닐 수밖에 없는 상황은 망명 물결이 줄을 잇던 1993년 9월에 사라진 베르칸 사건의 정치, 사회적 맥락을 반영하고 있다.[123] 그리고 소설 마지막까지 베르칸의 행방을 알 수 없다는 점, 그리하여 미완으로 끝날 것으로 예상되는 그의 소설은 알제리 사회에 대한 비관적인 전망을 제시하는 것처럼 보인다. 드리스에게 옛 연인의 소식을 듣고 알제리로 왔다가 다시 프랑스로 돌아간 마리즈는 연극무대에서 베르나르 마리 콜테스의 『사막으로 귀환』[124]의 여주인공 마틸드 역할을 맡아달라는 요청을 수락한다. 알제리에서도 프랑스에서도 이방인의 심정을 느꼈다는 마틸드의 다음의 대사는 소설의 제사와 본문에서 두 번 인용된다.

> 나의 조국 어디인가? 내 땅, 그곳은 어디인가? 내가 누울 땅은 어디란 말인가?
> 알제리에서 난 이방인이며, 프랑스를 꿈꾼다. 프랑스에서는 난 더욱 낯선 이방인이 되어 알제를 꿈꾼다. 조국이란 우리가 있지 않은 장소란 말인가?[125]

15년 만에 알제리에서 프랑스로 돌아오는 마틸드와 20년 만에 프랑스에서 알제리로 돌아오는 베르칸, 두 사람이 처한 상황은 다르지만 각각 부르주아 가족의 위선과 폭력, 이슬람 근본주의적 폭력으로 인해 '사막'이 된 고향에 돌아와 갈등을 겪는다는 점에서 유사한 점이 있

123 Assia Djebar, *La disparition de la langue française*, pp. 198–200.
124 Bernard-Marie Koltès, *Le Retour au désert, Les Éditions de Minuit*, 1988.
125 Assia Djebar, *La disparition de la langue française*, p. 181, p. 203.

다.[126] 베르칸과 헤어지고 새 연인 토마를 만나는 마리즈는 연극의 희극적 요소를 주문하는 연출가의 지적에도 불구하고, 마틸다를 연기하는 동안만큼은 상실감을 느끼는 베르칸과 일체감을 경험하게 된다.

결국 베르칸 실종 사건은 알제리에서 프랑스어 살해, 프랑스어의 실종 상황을 의미한다. 그러나 베르칸의 죽음이 확실히 밝혀지지 않았다는 점과 베르칸에게 보내는 나지아의 편지가 중심을 이루는 마지막 장 「나지아」는 비극 앞에서 새로운 전망을 제시한다는 점은 의미심장하다. 베르칸이 드리스를 통해 우연히 만나게 된 오랑 출신의 나지아는 오랫동안 알제리를 떠나 있던 망명객이다. 알제리 전쟁 당시에 담배 도매상인이었던 유복하고 교양을 갖추었던 나지아의 할아버지는 민족해방전선에 독립자금을 대고 있었는데, 요구 액수가 계속 늘어나면서 협박을 당하다 결국 살해되었고, 충격이 컸던 가족들은 알제리를 떠나고 말았다. 이처럼 나지아 역시 알제리의 현실에 실망과 무력감을 느낀다는 점에서 베르칸과 공통점이 있다. 또한 지역 방언은 다르지만 함께 아랍어로 대화를 나눌 수 있었던 베르칸은 나지아에게 깊은 동질감을 느낀다.

---

126 희곡 후반부에 등장하는 알제리인에 대한 테러 사건 역시 『프랑스어의 실종』의 상황과 닮았다. 경찰청장 플랑티에르, 도지사 사블롱, 변호사 보르니와 같이 아드리앵의 집을 드나드는 도시의 사회지도층 인사들이 아랍인 거주 구역의 카페 사이피 폭파를 사주했던 이 사건은 80년대 프랑스 문학 작품으로서는 드물게 알제리 전쟁을 직접적으로 상기시킨다. 특히 육군비밀결사대(OAS: Organisation Armée Secrète)를 지원하는 사회 행동국 소속의 파시스트로 묘사되는 이 인물들은 이방인에 대한 근거 없는 분노와 혐오감을 가감 없이 드러낸다.

그러나 나지아의 이동과 목소리를 강조하는 결말은 작가가 알제리 현실에 대해 비관주의에 머물지 않음을 보여준다. 생사가 불확실한 상태인 베르칸과는 달리, 나지아는 미련 없이 알제리 땅을 떠난다. 나지아는 망명객(exilée)이나 난민(réfugiée)이 아니라 "무국적자(une apatride)"임을 자처하고 유랑 끝에 이탈리아 파도바로 간다. 파도바는 그녀의 친구들이 사는 곳이고 이들과 문화 활동을 공유할 것이라는 점에서 "독립적이고, 해방된" 여성들의 환대의 장소이다.[127] 나아가 다음의 인용문을 통해 언어적, 문화적으로 나지아에게 더 익숙할 수도 있는 이집트나 베이루트가 아니라 파도바를 선택한 이유를 유추해 볼 수 있다.

> 결국 난 떠났어. 마찬가지로 이집트에 작별을 고하고 베이루트를 거치지 않고, 동방이자 이탈리아로 곧바로 왔거든. 그래서 난 베네치아가 아니라 파도바에 있고 여기서 네게 편지를 쓰고 있어.
>
> [...] 베르칸, 답장해 줘. 그래야 해. 파도바, 특히 파도바에서 널 잊지 않을 거야! 여백에 에라스무스의 『꿈에 관한 편지』를 옮겼어. [...] 더 이상 안전하지 않으면(카이로의 아랍 일간지 엘 아흐람에서 알제리 소식을 읽었지) 파도바로 와!"[128]

나지아는 파도바로 가기 전에 머물렀던 이집트 알렉산드리아에서 웅가레티의 시를 아랍어로 번역한 것을 계기로 이탈리아에서 역사와 철학을 공부하기로 결심한다. 나지아가 이탈리아에서 얻으려고 한 것

---

127   Assia Djebar, *La disparition de la langue français*, p. 208.

128   Assia Djebar, *La disparition de la langue française,* p. 208, p. 212.

은 바로 르네상스 정신이다. 친구의 권유로 탐독하게 된 에라스무스의 『광우예찬』은 알제리에서 맹위를 떨치고 있는 이슬람 근본주의 문제를 비판적으로 성찰할 수 있는 계기이다. 베르칸은 알제리가 독립 이후에 과연 '비종교적인(laïque)'인 사회가 될 수 있을 것인지 질문을 던지지만, 애초에 아랍어와 베르베르어에는 '비종교적'이라는 개념이 존재하지 않는다는 점을 상기한다. 나지아가 에라스무스의 『꿈에 관한 편지』의 일부를 편지에 옮겨 적은 것 역시 나지아가 베르칸과 공동의 가치를 적극적으로 공유하고자 하는 행위이다. 특히 여성인권이 더욱 후퇴하고 있던 상황에서 여자 친구들과 연대할 수 있는 파도바의 삶이 나지아에게 더욱 의미가 있었을 것이다.[129]

이처럼 알제리와 프랑스를 벗어난 '제3의 공간' 파도바는 현실을 새롭게 전망할 수 있는 대안 장소로 강조된다. 물론 베르칸이 나지아에게 답장을 보낼 가능성은 매우 희박해 보이고, 나지아는 결국 드리스를 통해서 베르칸의 소식을 듣게 될 것이다. 또한 드리스 역시 신변의 위협을 받고 있는 상황에서 알제리 지식인들에게 '파도바의 삶'이 당장의 보편적인 현실이 될 수는 없을 것이다. 그러나 드리스가 나지아에게 전달할 「나지아를 위한 서정시」를 통해 간접적으로나마 두 사람의 관계가 끊어지지 않을 것이고, 드리스가 나지아의 편지에 적힌 에라스무스의 구절을 상기한다는 결론은 희망적인 미래에 대한 기대를 보여준다.

제바르의 소설집 『처소에 있는 알제의 여자들』의 2004년도 개정판

---

129 Assia Djebar, *La disparition de la langue française*, p. 120.

에 새롭게 수록된 중편소설인 「파티마의 이야기의 밤」 역시 유사한 맥락에서 논의해 볼 수 있다. 중심인물 아니사는 고국에 정주하지 못하고 제3의 공간으로 떠나는 여성 인물들의 적극적인 행보가 두드러지는 후기 소설의 특징을 보여준다. 신세대 여성인 아니사는 전(前) 세대 알제리 여성을 대표하는 시어머니에게 같은 여성으로서의 연대감을 지니고 있지만, 남편과 불합리한 관계를 견디지 못하고 결국 딸을 데리고 자신의 어머니가 살고 있는 안달루시아 지역의 팔마로 떠나버린다.[130] 과거 베르베르 족의 터전이었던 안달루시아 팔마와 르네상스 정신이 깃든 파도바는 각각 불합리한 개인적 상황과 암울한 사회적 현실에서 알제리 여자들이 선택한 대안적 공간인 것이다.

우리는 지금까지의 논의를 통해 『프랑스어의 실종』에서 프랑스인 마리즈가 알제리의 과거를, 사라진 베르칸이 알제리의 현재를 의미한다면, 나지아는 '여성 망명객'의 입장에서 전망하는 미래를 상징한다고 해석할 수 있다. 작가 제바르는 90년대 알제리에서 글을 쓰다가 위기에 봉착한 베르칸과 유사한 상황에서 나지아처럼 프랑스어를 통해 새로운 공간을 모색하고자 한다. 특히 후기 소설의 인물과 글들은 프랑스어에 대한 제바르 자신의 이해를 잘 보여준다는 점에서 제바르의 문학을 총괄적으로 평가하는 데 유용하다는 점을 확인했다.

130　Assia Djebar, *Femmes d'Alger dans leur appartement*, pp. 56–57.

3. 프랑스어의 보편지대 모색

문학 작품 외에도 2006년에 있었던 아카데미 프랑세즈 회원 선출 수락 연설[131](이하 「수락 연설」)은 작가의 프랑스어 인식을 보여주는 중요한 텍스트이나, 이에 대한 논의는 구체적으로 이루어지지 않은 편이다. 제바르는 2005년에 여성으로는 네 번째로, 마그레브 출신으로는 최초로 아카데미 프랑세즈 회원으로 선출되었다. 이는 1983년에 아프리카인 최초로 회원으로 선출된 레오폴 세다르 상고르(Léopold Sédar Senghor)의 선출 맥락과 이 작가에 대한 평가와 상이한 점이 많다. 상고르의 선출은 프랑스어를 수호하는 보수적인 기관의 입장에서 구(舊) 식민지 작가의 포섭을 통해 프랑스어의 '보편성'을 확장시키려는 경우로 이해될 여지가 있다. 상고르는 작품 활동 후기로 갈수록 프랑스어에 대해 이와 같은 입장을 보였다.[132] 그러나 제바르는 알제리 다언어 환경에

---

131   Assia Djebar, «Discours d'investiture à l'Académie française discours prononcé dans la séance publique (22 juin, 2006)», Beïda Chikhi, *Histoire et fantasies*에 수록된 페이지로 인용함.

132   네그리튀드 운동의 창시자인 상고르는 네그리튀드를 '아프리카 민중, 아메리카, 아시아, 유럽, 오세아니아 출신의 흑인 소수자들의 경제, 정치, 지적, 도덕, 예술, 사회적 가치의 총체'라고 정의했다.(*Négritude et humanisme*, Seuil, 1964) 그러나 후기로 갈수록 상고르의 시와 사상은 흑인성을 계기로 한 보편적 언어와 가치의 중요성에 관심을 갖는다. 정치적으로도 프랑스 식민체제의 문제점 비판보다는 프랑스와의 관계 지속 방법을 더 우선시했다. 이러한 관점은 유럽과 아프리카의 관계를 어머니와 아들의 관계와 유사하게 바라보면서 프랑스어가 인본주의를 대변하는 '보편적 언어'임을 강조하는 시각으로 이어진다. 「프랑코포니에서 프랑시테로(De la francophonie à la francité)」(1985)에서는 프랑스어를 통해 '보편 문명'을 추구할 수 있다고 주장하면서, 프랑스적인 특수함을 보편주의로 오도한 관점을 보인다고 비판을 받았다. Nimrod, «L'impossible

서 프랑스어의 선택이 "갈등"이나 "상처"로 표현될 수 있는 언어들 사이의 긴장관계를 야기했다는 점을 분명히 하고 이러한 맥락에서 타인의 언어가 어떻게 자신의 것이 되었는지 밝힌다.[133] 이 점은 작가가 프랑스어의 의미를 식민시기 알제리와 독립 이후 알제리의 정치, 사회적인 맥락에 근거해 설명하는 방식과 연관된다. 제바르가 전임자인 조르주 베델(Georges Vedel)에 대한 헌사와 간략한 전기(傳記) 및 평가에 뒤이어 자신의 언어관과 문학관을 피력하는 부분에서 분명히 강조한 것은 바로 '알제리인의 프랑스어'가 알제리 식민지배의 산물이라는 사실이다. 제바르는 2차 대전 당시 수용소 생활을 했던 베델의 경험과 프랑스의 북아프리카 지배가 공통적으로 "유럽의 야만"을 보여주는 역사적 사실임을 언급한다.[134] 이어서 제바르는 90년대 알제리에서 프랑스어로 글을 쓰는 마그레브 작가들에게 일반적으로 기대되는 대표성을 분명히 인지하고 있었다.[135] "거짓 정체성을 형성하는 단일언어사용(un monolinguisme

---

fondement des théories postcoloniales», *Littérature,* juin, 2009, pp. 70-75.

133 Beïda Chikhi, *Histoire et fantasies*, p. 178.

134 Beïda Chikhi, *Histoire et fantasies*, pp. 176-177.

135 "작년 2005년 6월, 여러분이 저를 아카데미 프랑세즈 회원으로 선출한 날, 제 반응을 묻는 기자들에게 "마그레브 프랑코포니에 문을 열어주어 기뻤습니다." 여러분들의 문이 저 혼자, 제 책에게만 열린 것이 아니라, 알제리 출신 작가, 언론인, 지식인, 여성과 남성인 저의 동료들의 여전히 생생한 그림자를 위해 그 문이 열렸다는 점을 제가 거의 육감적으로 감지했기 때문에, 저는 숙연해졌습니다. 이들은 90년대에 목숨을 담보로 프랑스어로 글을 쓰고 생각을 개진하거나 그저 프랑스어로 가르치는 일을 했지요", Beïda Chikhi, *Histoire et fantasies*, p. 178.

pseudo-identitaire)"[136]이 강요되었던 이 시기에 라시드 부제드라처럼 비록 짧은 기간이었지만 문학 아랍어로 소설을 집필한 작가가 있었으나[137] 대다수는 제바르처럼 프랑스어로 글쓰기를 계속했다.

제바르가 대표적인 '프랑스어권 마그레브 여성 작가'로 자리매김했다는 점에는 이론의 여지가 없을 것이고 아카데미 프랑세즈 회원 선출로 이러한 입지는 더욱 공고해졌다. 우리는 외부로부터는 대표적인 알제리 작가라는 규정을 받았지만, 정작 알제리에서는 이방인으로 여겨졌던 제바르가 직면했던 이러한 딜레마를 구체적으로 살펴보고자 한다. '프랑스어권 문학'은 비(非)프랑스 출신 작가의 작품으로 통용되는 것이 일반적인데, 프랑스 및 서구 독자들은 프랑스어권 문학을 두고, 주로 작가 출신 지역의 토착 문화와 특정한 역사에 대한 논의를 기대하는 경향이 있다. 예를 들어, 제바르의 첫 번째 소설인 『갈증』에 대해 "무슬림 젊은 여성의 첫 번째 소설"로 소개하는 편집자의 말이나, 이 소설의 서평에서 "무슬림 여성이 현대에 탄생했다", "알제리 문학이 젊은 여성의 얼굴을 할 때"라고 언급한 엘리안 리샤르의 표현[138]은 비(非)유럽 작가의 종교적, 민족적 특징을 우선적으로 부각한다. 그러면서도 "알제리의 프랑수아즈 사강"과 같은 명명은 프랑스 문학 독자들에게 익숙한 작가를 내세워 낯선 제3세계 작가를 프랑스 문학장에 편입하는

---

136 Assia Djebar, *Ces voix qui m'assiègent*, pp. 32-33.

137 Rachid Boudjedra, *Faoudha al achia*, Saint Denis, Bouchène, 1990.

138 Eliane Richard, *Témoignage chrétien*, Vol.26, 1957, p. 15.

방식을 잘 보여준다. 제바르의 『갈증』은 사강의 『슬픔이여, 안녕』과 비교되어 소개되었다.[139] 1980년대 초반에 다시 파리로 돌아온 제바르는 프랑스 평단이 알제리 작가에게서 식민지 체험과 관련한 "즉각적인 사회학적 해석"을 기대하는 경향을 인지했고, 자신의 작품이 "무슬림 풍속 소설"로 읽히는 것을 경계했다.[140] 물론 제바르는 알제리 여성의 목소리를 표현하고 알제리의 근현대사를 작품에 담았지만, 그것이 프랑스 독자들에게 이국적이고 민족지적인 삽화로 여겨지기를 원하지 않았다.[141]

특히 마그레브 근대 문학의 태동기부터 튀니지나 모로코에 견줘 알제리 출신 작가의 작품이 많이 창작되었으며, 90년대에는 프랑스에서 알제리 여성의 이야기가 활발히 출판되었다. 이점은 프랑스 페미니즘 담론과 여성의 전기 및 고백서사가 주요한 문학적 경향이 된 프랑스 문학계의 특성을 반영한다. 제바르 다음 세대의 여성 작가들인 페리엘 아시마(Feriel Assima), 마이사 베이(Maïssa Bey), 말리카 부수프(Malika Boussouf), 말리카 모케뎀(Malika Mokeddem)은 제바르의 작품에 드러난

139 Jean Campbell Jones, «Between two worlds», *New York Times Supplement*, Vol.12, October, 1958. "무슬림 알제리의 프랑수아즈 사강"이란 표현은 제바르의 아카데미 프랑세즈 회원 선출을 환영하는 연설을 한 Pierre-Jean Rémy의 언급에도 등장할 정도로 오랜 기간 제바르를 특징짓는 라벨로 사용되었다.

140 Assia Djebar, «Assia Djebar: Discours de Francfort (22, octobre, 2000), Prix de la Paix des éditeurs et libraires allemands» in Beïda Chikhi, *Histoire et fantaisies*, p. 159에서 재인용.

141 Mireille Calle-Gruber (éd.) *Assia Djebar*, littérature et transmission, Presses Sorbonne nouvelle, 2010, p. 126.

여성주의적 시각을 이어갔다.[142] 작품의 문학적 수준은 다채로웠으나, 상당수가 기자 혹은 학자 출신인 이 작가들은 알제리 여성들에게 '다시 베일을 씌우는' 90년대 알제리 사회의 여성차별 문제를 주요하게 다루었던 것이다.

그렇지만 다른 한편으로 제바르는 고국에서는 '외국 작가'와 같은 위치에 놓여 있었다. 이는 프랑스어로 글을 쓴 다른 알제리 작가들이 겪은 상황과 유사하다. 마그레브에서 자생적인 근대 문학 영역이 뒤늦게 형성되었다는 점, 작가들 상당수가 독립 이전과 이후에 '식민 본국'의 출판사를 통해 작품을 발표한 점이 주요한 이유가 될 것이다. 모국의 문맹률이 높았고, 문학적 인지도를 위해서 작품의 실질 독자군을 프랑스 문학 독자로 기대할 수밖에 없었던 현실적인 이유도 크게 작용했을 것이다. 또한 상당수의 작가들이 출판사를 찾지 못한 경우 자비 출판을 하거나 적절한 홍보와 판매에 어려움을 겪는 소규모 출판사를 통해 단 한 권의 소설 출판에 그치는 경우도 많았다.[143] 알제리에서는 80년대에 들어서, 1966년에 설립된 출판 유통 국영회사(SNED)가 1983년에 명칭을 바꾼 알제리 국가 도서기업(ENAL)을 중심으로 국내

---

142 Ferel Assima, *Rhoulem*, Paris, Arléa, 1996, Maïssa Bey, *Au commencement était la mer*, Editions de l'Aube, 2003, Malika Boussouf, *Vivre traquée*, Calmann-Lévy, 1995, Malika Mokkedem, *Les hommes qui marchent*, L'Inerdite, Grasset, 1993.

143 Lucette Valensi, «The scheherazade syndrome: Literature and Politics in Postcolonial Algeria», Anne-Emmanuelle Berger (ed.), *Algeria in others' languages*, Cornell UP, 2002, p. 141.

출판을 활성화하고자 했으나, 국영출판사는 출판물 선택과 해외 배급에 이르기까지 사실상 검열을 행했고 편집 및 생산 기술은 전문적이지 못했다.[144]

　제바르는 1969년에 SNED에서 『행복한 알제리를 위한 시(Poèmes pour l'Algérie heureuse)』와 왈리드 가른(Walid Garn)과 함께 쓴 희곡인 『붉은 새벽』[145]을 출판했고, ENAL에서 『사랑, 기마행진』을 출판했다. 프랑스와 알제리에서 모두 출판한 『메디나에서 멀리』를 제외하고[146] 대부분의 작품은 프랑스에서 출판되었다. 프랑스어로 글을 쓰는 작가들은 독립의 이상과 이슬람 교리에서 멀어졌다는 이유로 외면을 받았다. 이슬람 가치를 교육하고 전수하는 최전선인 학교를 통해 프랑스어에 대한 원한이 더욱 거세졌던 시기에 제바르 역시 국제적인 명성에도 불구하고 오랫동안 자국에서 활발히 소개되지 못했던 것이다.[147] 이 점은 1970

144　라시드 미무니(Rachid Mimouni)의 첫 번째 소설인 *Le printemps n'en sera que plus beau*는 출판되기까지 7년이 걸렸고, 출판이 거부된 *Le fleuve détourné*는 결국 프랑스에서 출판이 되어 호평을 받았다. 실제로 알제리 작가의 책이 프랑스에서 출판될 경우 알제리에서는 판매가 금지되거나, 언론에 소개되지 않는 경우는 물론이고, 아랍어 번역 역시 성사되지 않는 경우가 대부분이었다. 반면에 압델하미드 벤헤두가(Abdelhamid Benhedouga)나 타하르 우에타(Tahar Ouettar)처럼, 표준 아랍어로 쓴 작품은 적극적으로 출판되고 좋은 평가를 받았다. «The scheherazade syndrome: Literature and Politics in Postcolonial Algeria», Anne-Emmanuelle Berger (ed.), *Algeria in others' languages*, Cornell UP, 2002, pp. 144-145.

145　*Rouge l'aube*(avec la collaboration de Walid Garn, pièce en quatre actes et dix tableaux, Alger, SNED, 1969) 초판은 1960년에 출판되었고, 1960년에 아랍 방언으로 번역되어 상연되었다.

146　Assia Djebar, *Loin de Médine,* Alger, ENAG, 1992.

147　2009년에 『아버지의 집 어디에도』가 알제리 출판사(Sédia)에서 프랑스어로 출

년대에 개봉했던 제바르의 영화가 독립의 이념에서 멀어졌고 알제리 남성을 폄하한다는 이유로 혹평을 받았던 것과 유사한 맥락이다.

그렇지만 알제리에서 아랍어 문학이 융성한 것도 아니었다. 아랍 문학의 중심지는 이집트나 레바논이었고 주로 쿠란 주해와 이슬람학에서 사용되는 엘리트 언어인 고전 아랍어와 문학 아랍어, 혹은 19세기에 중동 엘리트들이 확립한 현대 아랍어에 능통한 화자는 소수에 불과했다. 그래서 다수 대중들은 뉴스나 라디오에서 들리는 현대 아랍어를 정확히 이해하지 못했다. 특히 중동 출신 교사를 수급하여 실시한 아랍어 교육은 대중적으로 통용되는 아랍어와 괴리가 매우 컸으며, 알제리 경제 상황 악화와 사회의 불안으로 학교 교육의 질은 지속적으로 저하되었다.[148] 결정적으로 다른 언어를 포함하여 알제리의 문자 해독률은 여전히 낮았다. 게다가 아랍화 정책은 해당 시기의 정치적 목적에 따라 세부적으로는 일관성이 약했다.[149] 그렇지만 프랑스어권 국제기구 (OIF)에 가입하지 않은 알제리에서 국가 정책과는 별개로 프랑스어는

판되었고, 2014년에는 아랍어로 번역되었다(رواية الذكريات, Sédia). 2017년에는 『처소에 있는 알제의 여자들』이 프랑스 국립 서적 센터(Centres Nationaux du Livre) 번역팀과 협력하여 아랍어로 번역되었다(Hibr 출판사). 2018년에는 『사랑, 기마행진』, 『알제리의 백색』, 『무덤 없는 여자』의 아랍어, 베르베르어 번역 출간이 확정되었다. 또한 제바르 사후에 자국에서 작가의 추모 활동과 작품 논의가 활기를 띠는 가운데, 출판 당시에는 알제리 평단의 혹평을 받았던 『갈증』이 2017년에 알제리 바르자크(Barzakh) 출판사에서 출간되었다.

148 Hafid Gafaïti, «The monotheism of the other, language and De/Construction of National Identity in Postcolonial Algeria», *Algeria in others' languages*, pp. 36–37.

149 Djamila Saadi-Mokrane, «The Algerian Linguicide», *Algeria in others' languages*, pp. 50–52.

경제 및 여타 사회 분야에서 활발하게 통용되었다. 게다가 강력한 종교 정당으로 세력화한 이슬람 구국전선(FIS)의 머리글자가 프랑스어인 점, 아랍화 주장이 프랑스어로 프랑스 미디어를 통해 전달되었고, 1999년에 부테플리카 대통령의 첫 공식 연설이 프랑스어로 진행된 점은 매우 역설적이다.

이와 같은 딜레마 상황에서 제바르는 자신의 문학적 유산을 '이슬람교와 문화', '90년대 내전과 아랍어'와 같은 근현대 알제리에 한정짓지 않는다. 제바르는 「수락 연설」에서 현재 알제리 땅의 대부분을 포함했던 누미디아 출신의 북아프리카 라틴어 작가 세 명을 소개한다. 먼저 당시 로마의 속주였던 알제리 동부에서 태어난 2세기 로마 소설가인 아풀레이우스를 소개하고, 후대에 액자소설의 형식에 영향을 미친 작품인 『황금 당나귀』를 언급한다. 두 번째로 같은 시기에 카르타고 출신으로 기독교로 개종한 테르툴리아누스가 등장한다.[150] 또한 라틴화된 베르베르 부모에게서 태어난 4세기의 교부 아우구스티누스의 작품을 비롯하여 여러 작가들을 언급한다. 세 작가들의 라틴어와, 이슬람 세력이 에스파냐를 정복하던 시기를 살았던 『베르베르인의 역사』의 저자인 이븐 할둔의 아랍어는 그들에게 모국어가 아니었다. 제바르는 자신이 아랍어, 베르베르어, 프랑스어 사이에서 프랑스를 선택한 정황과 유사하게, 언어의 종류와 언어들 사이의 관계양상이 역사적으로 변화해 왔을 뿐, '타인의 언어로 글쓰기'는 알제리 땅의 작가들에게 늘 존재해

---

150 Beïda Chikhi, *Histoires fantaisies*, p. 179.

왔음을 강조한다. 이처럼 제바르는 과거부터 지금까지 알제리를 포함한 북아프리카 지역이 다문화, 다언어 사회였음을 상기시킨다.

자신의 문학적 계보와 프랑스어의 성격을 보편적 지평으로 확장하려는 제바르의 시각은 스트라스부르에 살고 있는 인물들의 다양한 국적과 이들의 복합적 관계가 두드러지는 『스트라스부르의 밤들』에서 잘 볼 수 있다. 베르베르 유대인인 이브는 독일인 연인 한스에게 842년에 쓰인 「스트라스부르 서약(Les Serments de Strasbourg)」에 대해 이야기한다. 카롤루스 대제의 손자인 카를 2세와 루트비히 2세가 맺은 군사동맹 문서인 이 글은 각각 서로의 언어인 프랑스어의 전신인 로망어와 고대 고지독일어(Althochdeutsch)로 작성되었고 최초의 프랑스어 문헌으로 인정된다. 이브는 상호원조를 약속하는 군사 서약을 자신들의 관계에 비추어 "사랑의 서약"에 대입하고, 절대로 독일 땅을 밟지 않고 독일어도 배우지 않겠다는 고집을 버리고 이제 한스의 언어인 독일어로 말할 준비가 되었음을 밝힌다.[151] 역사적으로 국경이 여러 번 바뀌었던 스트라스부르는 1993년 기준으로 알자스로 이주한 알제리인의 숫자가 2만 5천 명으로, 이 도시는 알제리 이주민들의 주요 거점 중 하나였다. 이처럼 작품 속의 스트라스부르는 개인들의 경험과 역사의 갈등이 증폭되거나 국경과 민족의 한계를 넘어서는 "탈경계 도시"[152]로서 문화의

---

151 Assia Djebar, *Les nuits de Strasbourg*, p. 236.

152 Wolfgang Asholt의 표현, «Les villes transfrontalières d'Assia Djebar» in Mireille Calle-Gruber(éd.), *Assia Djebar, nomade entre les murs... Pour une poétique transfrontalière*, Maisonneuve & Larose, 2005, p. 278.

상호 교차를 가능하게 하는 프랑스어의 역할을 공간적으로 형상화하고 있다.

그렇지만 제바르는 프랑스어를 통한 보편 지대, 다시 말해 앞서 언급한 나지아의 대안을 구체화했다기 보다는 방향을 제시하는 데 그쳤다고 평가할 수 있다. 『스트라스부르의 밤들』에서 옛 애인인 알제리 남자 알리에게 살해당한 프랑스인 자클린 사건[153]은 언어, 문화, 역사의 경계를 초월한 만남을 실현하는 일이 쉽지 않음을 상징적으로 보여준다. 또한 프랑수아와 9일 밤을 보낸 후에 어느 누구에게도 알리지 않고 사라진 텔자는 자신을 "방랑하는 여자, 걸인, 뿌리가 드러난 여자"로 인식한다.[154] 영원한 이방인인 텔자의 상황은 "알자제리(Alsagérie)"의 이상을 실현하는 것이 쉽지 않다는 점을 제시하고 있다.

153 Assia Djebar, *Nulle part dans la maison de mon père*, pp. 324–325.

154 Assia Djebar, *Les nuits de Strasbourg*, p. 383.

맺음말

프랑스어권 문학 연구는, 프랑스어를 둘러싼 복합적인 맥락을 제시하는 프랑스 문학장의 외연을 확장하여 프랑스어 문학의 다양성을 이해하는 데에 유용하다. 우리는, 북아프리카 작가들이 작가와 언어의 관계라는 창작의 근본 문제에 직면하여 작품 언어인 프랑스어의 선택에서부터 자신들이 놓인 정치, 사회, 문화적 맥락을 의식할 수밖에 없다는 점을 살펴보았다. 다시 말해 문학의 언어가 필연적으로 사회언어학적 고찰을 요청한다는 사실을 확인할 수 있었다. 작가들 사이의 이러한 보편적인 특성에도 불구하고, 작가의 젠더, 데리다와 멤미의 경우처럼 유대인이라는 인종 차이에 따라 프랑스어가 갖는 의미는 작가마다 달랐다. 이러한 차이는 프랑스어 문학의 입체적인 양상을 제시하며 프랑스어가 역사, 문화, 정체성의 교차로임을 확인할 수 있도록 한다.

저서 초반부에 언급한 바와 같이 유럽, 아프리카, 북아메리카 지역에서 프랑스어 사용의 역사, 문화적인 맥락은 다양한데, 우리는 식민

언어인 프랑스어가 이식되어, 이 지역의 근대 문학 발전 과정에서 형성된 북아프리카 프랑스어 문학을 중심으로 논의하였다. 피에 누아르인 데리다의 프랑스어 인식 역시 식민체제로 인한 프랑스인의 독특한 상황에서 기인하여 형성되었다. 이러한 맥락과 관련하여, 본 연구에서 별도의 챕터를 두어 논의하지는 않았으나, 상호학제적인 연구가 활발했던 80년대 이후 학계의 연구 경향은 북아프리카 프랑스어권 문학 연구의 활성화에 결정적인 영향을 미쳤다는 점을 강조할 수 있을 것이다. 영미 학계를 중심으로 활발히 개진된 탈식민주의 연구(The Postcolonial Studies)는 19세기 제국주의에서 시작된 20세기의 식민지배와 독립 전쟁이 식민지 서사의 탄생에 미친 영향을 조명했다. 서발턴 연구 집단의 역사 연구에서 볼 수 있듯이, 이 시기 상호학제적인 연구 경향은 '소수 집단' 연구에 큰 자극을 주었다. 그리고 영어권 문학에 이어 탈식민주의 이론을 프랑스어권 문학에 적용하는 분석 역시 활발히 이루어졌고, 자연스럽게 북아프리카 프랑스어 작가 연구는 영미 학계가 중심이 되었다. 게다가 '탈식민주의 페미니즘'은, 탈식민주의의 남성 중심성과 제3 세계 여성의 정치적 상황에 소홀했던 페미니즘의 한계를 모두 극복할 수 있는 관점을 제시했다. 예컨대 3부에서 중점적으로 논의한 아시아 제바르의 작품은 탈식민주의 페미니즘 관점에서 흥미로운 텍스트이고 이런 틀에서 활발히 연구되었다.

　　북아프리카 프랑스어 문학이 미국과 캐나다 대학에서 더 많이 연구되었고, 대표적인 문학작품 대부분이 파리에서 출판되었음에도 불구하고, 프랑스 학계의 연구는 상대적으로 뒤늦게 시작되었다. 그 이유로 우선 프랑스어와 프랑스 문학, 다시 말해 '프랑스의 프랑스어'와 '프랑스의 프랑스 문학'을 중심으로 프랑스어와 프랑스 문학의 정체성 및 보편성 추구를 중시하는 경향을 들 수 있을 것이다. 게다가 중앙 집중적인 교육 커리큘럼, 프랑스 식민주의가 고수해온 동화주의적 성격, 식민 지배기와 알제리 전쟁에 대한 연구가 오랫동안 소홀했던 점 역시 그 이유로 볼 수 있다. 이러한 상황 속에서 프랑스에서 프랑스어권 문학 연구는 일찍이 '이민 문학'이 활발히 창작되고 연구되었던 독일과 스페인, 이탈리아보다 소극적이었다. 여기에 프랑스가 전반적으로 견지해 온 미국 학계에 대한 다소간의 불신 역시 작동했다. 프랑수아 퀴세의 지적처럼, 프랑스는 미국 대학 산업의 '아카데미 상품'에 전반적으로 부정적이었고, 프랑스에서는 탈식민주의 연구가 독립적인 학문 영역으로 주요하게 논의되지 않았다. 그렇지만 80년대 이후 이민 2세대들의 이른바 뵈르 문학 작품들이 대중의 주목을 받게 되고, 90년대 후반에 이르러 프랑스 식민 역사, 알제리 전쟁, 하르키들의 경험 등이 학계와 대중들의 적극적인 논의 대상이 되면서, 프랑스와 북아프리카의 관계에 대한 담론이 전례없이 활발히 이루어지기 시작했다. 그리고 2005년 클리시 수부아(Clichy-sous-Bois) 사태에서 촉발된 일련의 사회적인 갈등의 시기에, 역사학과 문화 연구를 주축으로 탈식민 의제들과 관련한 학술지의 특집호와 단행본 역시 앞다투어 간행되었을 뿐만 아니라, 미국의 대표적인 탈식민 이론들이 프랑스에 적극적으로 번역 소개되었다. 이러한 경향은 프란츠 파농, 에메 세제르와 같이 미국의 탈식민 연구에서 이론의 토대로 여겼던 프랑스어권 이론가들에 대한 재조명 작업과도 연계된다.

　연구사의 이러한 맥락을 고려한다면, 우리가 논의한 북아프리카 프랑스어 문학 초창기 작가들의 작품은 90년대 이후 적극적으로 연구되어 온 프랑스–알제리의 역사, 문화적 관계의 이해에 유용하다는 점은 분명하다. 그리고 '뵈르 문학'이라는 협소한 규정의 유효성이 의문시되는 가운데, 레일라 슬리마니, 알리스 제니테르, 카우테르 아디미 등과 같이 북아프리카 이민 후속 세대이거나, 북아프리카에서 이주하여 현재 프랑스 문학계에서 활발하게 활동하고 있는 작가들의 작품을 조명하는 작업에 있어서 우리의 연구가 자양분이 될 수 있을 것이다. 특히 후속 연구로 진행하고 있는 프랑스 거주 알제리 이민 세대의 역사 인식과 정체성과 관련하여, 부모 세대의 문화와 공화국 시민의 규범 사이에서 정체성의 갈등을 겪고 있는 현재 젊은 세대의 경험은 역사, 문화, 정체성의 교차로인 프랑스어의 면모를 조명할 수 있는 핵심적인 통로가 될 것이다.

참고 문헌

Asholt, Wolfgang, Gauvin, Lise Gauvin (dir.), *Assia Djebar et la transgression des limites linguistiques, littéraires et culturelles* [XXIe Congrès de l'Association internationale de littérature comparée, Vienne, 2016], Classiques Garnier, 2017.

Algeri, Veronic, "De la langue de l'autre à l'autre : l'écriture polyphonique d'Assia Djebar dans *La Disparition de la langue française"*, *Francofonia*, No.58, 2010.

Ameselle, Jean-Loup, *L'Occident décroché, Enquête sur les postcolonialismes*, Fayard, 2010.

Barbé, Philippe, "Transnational and Translinguistic Relocation of the Subject in *Les Nuits de Strasbourg* by Assia Djebar", *L'esprit créateur*, Vol.41, No.3, 2001.

Bayart, Jean-François, *Les études postcoloniales, un carnaval académique*, Karthala, 2010.

Belhabib, Assia(dir.), *Le jour d'après. Dédicaces à Abdelkébir Khatibi*, Afrique Orient, 2010.

Benelli, Natalie, Delphy, Christine et al, "Les approches postcoloniales : apports pour un féminisme antiraciste", *Nouvelles questions féministes (Sexisme, racisme et postcolonialisme)*, Vol.25, No.3, 2006.

Berrichi, Boussad, *Assia Djebar: une femme, une oeuvre, des langues, bio-bibliographie (1936-2009)*, Séguier, 2009.

Beniamino, Michel, *La francophonie littéraire : essai pour une théorie*, L'Harmattan, 1999.

Bensmaïa, Réda, *Experimental Nations, or the Invention of the Maghreb*, Princeton UP, 2003.

Berger, Anne-Emmanuelle Berger(ed.), *Algeria in others' languages*, Cornell UP, 2002.

_____, *Genre et postocolonialismes, Dialogues transcontinentaux*, Editions des archives contemporaines, 2011.

Bernabé, Jean, Chamoiseau Patrick, Confiant Raphaël, *Eloge de la créolité*, Gallimard, 1993.

Bertrand, Jean-Pierre, Gauvin, Lise(dir.), *Littératures mineures en langue majeure, Québec/Wallonie-Bruxelles*, Les Presses de l'Université de Montréal, 2003.

Bonn, Charles(dir.), *Paysages littéraires algériens des années 90 : Témoigner d'une tragédie?*, L'Harmattan, 1999.

_____, *Kateb Yacine : Nedjma*, PUF, 1990.

_____, Charles, Khadda, Naget, Mdarhri-Alaoui, Abdallah (dir.), *La littérature maghrébine de langue française*, EDICEF-AUPELF, 1996.

Boudjedra, Rachid, *La Répudiation*, Denoël, 1969.

_____, *Faoudha al achia*, Bouchène, 1990.

Bougdal, Lahsen, "La ville dans *La mémoire tatouée* d'Abdelkebir Khatibi: l'organisation subjective d'un site historique", *Francofonía*, No.8, 1999.

Calle-Gruber, Mireille(éd.), *Assia Djebar, littérature et transmission*, Presses Sorbonne nouvelle, 2010.

_____, *Assia Djebar, nomade entre les murs... Pour une poétique transfrontalière*, Maisonneuve & Larose, 2005.

_____, *Assia Djebar*, série adpf (association pour la diffusion de la pensée française), Ministère des Affaires étrangères, 2006.

_____, *Lire Assia Djebar*! (Le Cercle des Amis d'Assia Djebar), La Cheminante, 2012.

Calvet, Louis-Jean, Dumont Pierre, Marie Jeanne, *L'enquête sociolinguistique*,

L'Harmattan, 1999.

_____, *La sociolinguistique*, PUF, 1998.

_____, *Linguistique et colonialisme : petit traité de glottophagie*, Payot, 2002.

Cameron, Deborah, *Feminism and Linguistic Theory*, St. Martin's Press, 1985.

Césaire, Aimé, *Cahier d'un retour au pays natal*, Présence Africaine, 1983.

Chaouati, Amel(et al.) *Lire Assia Djebar!* (Le Cercle des Amis d'Assia Djebar), La Cheminante, 2012.

_____, "L'oeuvre d'Assia Djebar : Quel héritage pour les intellectuels algériens?", *El-Khitab*, No.16, 2013.

Chaouat, Bruno, "Impasse : entre Albert Memmi et Jacques Derrida", *Le Coq-héon*, No.184, 2006.

Chebel, Malek, *L'érotisme arabe*, Laffont, 2014.

Chikhi, Beïda, *Littérature algérienne, Désir d'histoire et esthétique*, L'Harmattan, 1997.

_____, *Kateb Yacine : au coeur d'une histoire polygonale*, Presses universitaires de Rennes, 2014.

Chow, Ray, "Reading Derrida on Being Monolingual", *New Literary History*, Vol.39, No.2, 2008.

Chraïbi, Driss, *Le Passé simple*, Gallimard, 1986.

Cixous, Hélène et Gagnon, Madeleine et Leclerc, Annie, *La Venue à l'écriture*, UGE, 1977.

_____, *Portrait de Jacques Derrida en Jeune Saint Juif*, Galilée, 1991.

_____, Jacques, Derrida, *Voiles*, Galilée, 1998.

Claveron, Yves, *Petite introduction aux postcolonial studies*, Kimé, 2015.

Clerc, Jeanne-Marie, *Assia Djebar : écrire, transgresser, resister*, L'Harmattan, 1997.

Combe, Dominique, *Poétiques francophones*, Hachette, 1995.

_____, *Les littératures francophones, questions, débats, polémiques*, PUF, 2010.

_____, *Derrida et Khatibi – autour du Monolinguisme de l'autre*, Carnets : revue électronique d'études françaises. Série II, N.7, 2016,

Crépon, Marc, "Ce qu'on demande aux langues(autour du *monolinuisme l'autre*)", *Raisons politiques*, No.2, 2001.

Debèche, Djamila, *L'enseignement de la langue arabe en Algérie et le droit de vote aux femmes algériennes*, Charras, 1951.

Debra, Kelly, *Autobiography and Independence : Selfhood & Creativity in Postcolonial African Writing in French*, Liverpool UP, 2005.

Decout, Maxime, "Albert Memmi : Portrait de l'écrivain colonisé en Statue de sel", *Revue d'Histoire littéraire de la France*, No.114, 2014.

Déjeux, Jean, *La littérature algérienne contemporaine*, PUF, Coll. «Que sais-je?», No.1604, 1975.

_____, *Assia Djebar, romancière algérienne, cinéaste arabe*, Naâman, 1984.

_____, *La littérature féminine de langue française au Maghreb*, Karthala, 1994.

De Toro, Alfonso, Zekri, Khalid, Bensmaïa, Réda(dir.), *Repenser le Maghreb et l'Europe : hybridations, métissages, diasporisations*, L'Harmattan, 2010.

Derrida, Jacques, "Cogito et histoire de la folie", *Revue de Métaphysique et de Morale*, 68e Année, No.4, 1963.

_____, *La voix et le phénomène*, PUF, 1967.

_____, *De la grammatologie*, Les Éditions de Minuit, 1967.

_____, *L'écriture et la différence*, Seuil, 1967.

_____, Bennington Geoffrey, *Circonfession*, Seuil, 1991.

_____, *Le monolinguisme de l'autre*, Galilée, 1996.

Dib, Mohammed, *La grande maison*, Seuil, 1952.

Diop, Birago, *Les nouveaux contes d'Amadou Koumba*(préface de Léopold Sédar Senghor), Présence Africaine, 1958.

Djaout, Tahar, *"Hommage à Kateb Yacine"*, *Kalim* No.7, 1987.

Djebar, Assia, *La soif*, Julliard, 1957.

_____, "Entretien avec Josie Fanon", *Des femmes en mouvement*, No.3, 1978.

_____, *Femmes d'Alger dans leur appartement*, des Femmes, 1980.

_____, *L'amour, la fantasia*, Albin Michel, 1985.

_____, *Loin de Médine*, Alger, ENAG, 1992.

_____, *Vaste est la prison*, Albin Michel, 1995.

_____, *Le Blanc de l'Algérie*, Albin Michel, 1996.

_____, *Oran, langue morte*, Actes Sud, 1997.

_____, *Les nuits de Strasbourg*, Actes Sud, 1997.

_____, *Ces voix qui m'assiègent*, Albin Michel, 1999.

_____, *La femme sans sépulture*, Albin Michel, 2002.

_____, *La disparition de la langue française*, Albin Michel, 2003.

_____, *Nulle part dans la maison de mon père*, Actes Sud, 2010.

Donadey, Anne, *Recasting postcolonialism : women writing between worlds*, Heinemann, 2001.

_____, (ed.) *Approaches to Teaching the Works of Assia Djebar*, The Modern Language Association of America, 2017.

El Jabbar, Nabile, *L'oeuvre romanesque d'Abdelkébir Khatibi. Enjeux poétiques et identitaires*, L'Harmattan, 2014.

Erickson, John, *Islam and the Post Colonial Narrative*, Cambridge UP, 1998.

_____, "Translating the Untranslated: Djebar's *Le blanc de l'Algérie*", *Research in African Literatures*, Vol.30, No.3, 1999.

Esposito, Claudia, "Écrire l'écart: Albert Memmi et l'impossible nécessité de traduire", *The French Review*, Vol.85, No.2, 2011.

Fanon, Frantz, *Peau noire, masques blanches*, Seuil, 1952.

_____, *Les damnés de la terre*, La Découverte, 1985.

Feraoun, Mouloud, *Le fils du pauvre*, Le Puy, 1950.

Ferro, Marc, *Histoire des colonisations, des conquêtes aux indépendances 18ème-20ème*, Seuil, 1994.

Fisher, Dominique, *Écrire l'urgence, Assia Djebar et Tahar Djaout*, L'Harmattan, 2007.

_____, "Interdisciplinary Approaches to Teaching Documentary Genres in Assia Djebar's *La Femme sans sépulture* and *La disparition de la langue française*", Donadey, Anne (ed.) *Approaches to Teaching the Works of Assia Djebar*, The Modern Language Association of America, 2017.

Forsdick, Charles, Murphy, David(ed.), *Postcolonial Thought in the French-speaking World*, Liverpool UP, 2009.

Gafaïti, Hafid, *La diasporisation de la littérature post-coloniale, Assia Djebar, Rachid Mimouni*, L'Harmattan, 2005.

_____, "L'écriture d'Assia Djebar : De l'expatriation à la transnation", *Cincinnati*

Romance Review, Vol.31, 2011.

Gandhi, Leela, *Postcolonial Theory : a critical introduction*, Columbia UP, 1998.

Gauvin, Lise, *L'écrivain francophone à la croisée des langues*, Karthala, 1997.

_____, *La fabrique de la langue : de François Rabelais à Réjean Ducharme*, Seuil, 2004.

Geesey, Patricia, "Violent Days : Algerian Women Writers and the Civil Crisis", *International Fiction Review*, Vol.217, No.1, 2000.

Gehrmann, Suzanne(éd.), *Les enJEeux de l'autobiographie dans les littératures de langue française, Du genre à l'espace. L'autobiographie postcoloniale. L'hybridité*, L'Harmattan, 2006.

Giuliva, Milo, *Lecture et pratique de l'histoire dans l'œuvre d'Assia Djebar*, P. I. E.- Peter Lang, 2007.

Haddad, Malek, *Les Zéros tournent en rond*, Maspéro, 1961.

Hamim, Mariem, "Abdelkebir Khatibi ou la langue hétérologique", *Ecarts d'identité,* No.107, 2005.

Harchi, Kaoutar, *Je n'ai qu'une langue, ce n'est pas la mienne, des écrivains à l'épreuve*, Pauvert, 2016.

Hél-Bongo, Olga, "Polymorphisme et dissimulation du narratif dans La mémoire tatouée d'Abdelkébir Khatibi", *Etudes littéraires*, 2012.

Hélot, Chistine, *Du bilinguisme en famille au plurilinguisme à l'école*, L'Harmattan, 2007.

Hiddleston, Jane, *Assia Djebar : out of Algeria*, Liverpool UP, 2006.

_____, *Understanding Postcolonialism*, Acumen, 2009.

_____, *Writing After Postcolonialism: Francophone North African Literature in Transition*, Bloomsbury Academic, 2017.

Hornug, Alfred, Ruhe, Ernstpeter(éd.), *Postcolonialisme et Autobiographie*, Rodopi, 2004.

Horvath, Miléna, "Une poétique de l'entre-deux: figures de l'intermédiaire dans l'écriture d'Assia Djebar", *Présence francophone*, No.58, 2002.

_____, "L'intertextualité dans l'écriture de la romancière Assia Djebar", Martine Mathieu-Job(dir.), *L'intertexte à l'œuvre dans les littératures francophones*, Presse Universitaire de Bordeaux, 2010.

Israel-Pelletier, Aimeé, "Assimilation, Hospitality, and the Politics of Identity in Albert Memmi", *French forum*, Vol.38, No.1-2, 2013.

Joubert, Claire(dir.), *Le postcolonial comparé, Anglophonie, francophonie*, Presses universitaires de Vincennes, 2014.

Joubert, Jean-Louis, *Les voleurs de langue : Tranversée de la francophonie littéraire*, Philippe Rey, 2006.

_____, *Petit guide des littératures francophones*, Nathan, 2006.

Kelly, Debra, *Autobiography and Independance*, Liverpool UP, 2005.

Khatibi, Abdelkébir, *Essais 3*, Différence, 2008.

_____, *Romans et récit*, Différence, 2008.

Koltès, Bernard-Marie, *Le Retour au désert*, Les Éditions de Minuit, 1988.

Kristof, Agota, *L'analphabète*, Genève, Zoé, 2004.

Labov, William, *Sociolinguistic patterns*, Pennsylvania UP, 1972.

Lajri, Nadra, "Des maux et des mots: Une lecture de *La Statue de sel* d'Albert Memmi", *Etudes Littéraires*, Vol.40, No.3, 2009.

Lazarus, Neil(dir.), *Penser le postcolonial : une introduction ciritique*, Amsterdam, 2006.

Lazreg, Marnia, *The Eloquence of Silence: Algerian Women in Question*, Routledge, 1994.

Lecarme-Tabone, *Eliane, L'autobiographie*, Armand Colin, 2000.

Le Clézio, Marguerite, "Assia Djebar: écrire dans la langue adverse", *Contemporary French Civilization*, No.2, 1985.

Leperlier, Tristan, "Algérie Littérature Action : une revue autonome dans la guerre civile?", *COnTEXTES*, No.16, 2015.

_____, *Algérie, les écrivains dans la décennie noire*, CNRS Éditions, 2018.

Leservot, Typhaine, *Le corps mondialisé: Marie Redonnet, Maryse Condé, Assia Djebar*, L'Harmattan, 2007.

Lionnet, Françoise. "Counterpoint and Double Critique in Edward Said and Abdelkebir Khatibi: A Transcolonial Comparison.", Ali Behdad, Dominic Richard and David Thomas (edited), *A Companion to Comparative Literature*, Wiley-Blackwell, 2011.

Martin, Patrice et al(éd.), *La langue française vue d'ailleurs*, L'Harmattan, 2001.

Mammeri, Mouloud, *La colline oubliée*, Gallimard, 1992.

_____, *L'Opium et le bâton*, Seuil, 2012.

Mbembe, Achille, *De la postcolonie, essai sur l'imagination politique dans l'Afrique contemporaine*, Karthala, 2000.

_____, Vergès, Françoise et al.(dir.) *Ruptures postcoloniales : Les nouveaux visages de la société française*, La Découverte, 2010.

_____, *Le sommeil du juste*, Union Générale d'Editions, S.N.E.D. 1978.

Memmes, Abdallah, *Abdlekébir Khatibi l'écriture de la dualité*, L'Harmattan, 1994.

Memmi, Albert, *Agar* (1955), Gallimard, 1984.

_____, *La statue de sel* (1953), Gallimard, 1972.

_____, *Portrait du colonisé, précédé du portrait du colonisateur* (1957, préface de J.-P. Sartre), Gallimard, 1995.

_____, *Portrait d'un juif*, Gallimard, 1962.

_____, *Le scorpion, ou la confession imaginaire*, Gallimard, 1969.

_____, *Juifs et arabes*, Gallimard, 1974.

Milo, Giuliva, *Lecture et pratique de l'histoire dans l'œuvre d'Assia Djebar*, PIE-Peter Lang, 2007.

Mortimer, Mildred, "Reappropriating the Gaze in Assia Djebar's Fiction and Film", *World Literature Today*, Vol.70, No.4, 1996.

_____, "Writing the Personal: The Evolution of Assia Djebar's Autobiographical Project from *L'amour, la fantasia* to *Nulle part dans la maison de mon père*", *Journal of Women's History*, Vol.25, No.2, 2013.

Moura, Jean-Marc, *Littératures francophones et théorie postcoloniale*, PUF, 2005.

Murray, Jenny, *Remembering the (Post)Colonial Self, Memory and Identity in the Novels of Assia Djebar*, Peter Lang, 2008.

Moura, Jean-Marc, *Littératures francophones et théorie postcoloniale*, PUF, 2005.

Mouralis, Bernard, Bessière, Jean(éd.), *Litteratures postcoloniales et francophonie*, Honoré Champion, 2001.

Murdoch, Adlai, Donadey, Anne(ed.), *Postcolonial Theory and Francophone*

Literary Studies, Florida UP, 2005.

Nada, Elia, *Trances, dances, and vociferations : agency and resistance in Africana women's narratives*, Garland, 2001.

Najib, Redouane, Yvette, Benayoun-Szmid,(dir.), *Assia Djebar*, L'Harmattan, 2008.

Nimrod, "L'impossible fondement des théories postcoloniales", *Littérature*, juin, 2009.

Noiray, Jacques, *Littératures francophones, 1. Le Maghreb*, Belin, 1998.

O'riley, Michael, "Translation and Imperialism in Assia Djebar's *Les Nuits de Strasbourg*", *The French review*, Vol.75 No.6, 2002.

Ouedghoro, Meryem, "Writing Women's bodies on the Palimpsest of Islamic History : Fatima Mernissi and Assia Djebar", *Cultural Dynamics*, Vol.14, 2002.

Praud, Julia, "*Les nuits de Strasbourg* : Creolization at the Crossroads of Europe" *The French review*, Vol.91, No.1, 2017.

_____, "Overcoming Aphasia : Erotic Transgressions in *Les nuits de Strasbourg*", *The French Review*, Vol.93, No.2, 2019.

Reclus, Onéisme, *France, Algérie et colonies*, Hachette Livre BNF, 2012.

Rey, Mimoso-Ruiz Bernadette, "Abdelkébir Khatibi : *Amour bilingue* ou la passion tourmentée", *Ecrivains du Maroc et de Tunisie*, Vol.2, 2017.

Rice, Alison, *Time Signature : Contextualizing Contemporary Francophone Autobiographical Writing from the Maghreb*, Lexington, 2006.

_____, "Translating Plurality : Abdekébir Khatibi and Postcolonial Writing in French from the Maghreb", *Postcolonial Thought in the French-Speaking World*, edited by Charles Forsdick and David Murphy, Liverpool UP, 2009.

Richard, Eliane, *Témoignage chrétien*, Vol.26, 1957.

Ringrose, Priscilla, *Assia Djebar, In Dialogue with Feminisms*, Rodopi, 2006.

Rocca, Anna, *Assia Djebar, le corps invisible*, L'Harmattan, 2004.

Rosello, Mireille, *France and the Maghreb: Performative Encounters*, Florida UP, 2005.

Saïd, Edward, *Orientalism*, Pantheon Books, 1978.

Schehr, Lawrence, "Albert Memmi's Tricultural Tikkun: Renewal and Transformation through Writing", *French forum*, Vol.28, No.3, 2003.

Segarra, Marta, *Leur pesant de poudre : romancières francophones du Maghreb*, L'Harmattan, 1997.

Salessi, Sina, "The Postcolonial World and the Recourse to Myth: a critique of Albert Memmi's *Decolonization and the Decolonized*", *Third World Quarterly*, Vol.34, No.5, 2013.

Smith, Sidonie, Watson, Smith(ed.), *Women, Autobiography, Theory, A Reader*, The University of Wisconsin Press, 1998.

Smouts, Marie-Claude(dir.), *La situation postcoloniale, les postcolonial studies dans le débat français*, Presses de Science Po, 2007.

Spivak, Gayatri Chakravorty, *In Other Worlds*, Methuen, 1987.

_____, "Can the Subaltern Speak?", Cary Nelson, Lawrence Grossberg(ed.), *Marxism and the Interpretation of Culture*, University of Illinois Press, 1988.

_____, *A Critique of postcolonial reason: toward a history of the vanishing present*, Harvard UP, 1999.

Stora, Benjamin, *La guerre invisible - Algérie années 90*, Presses de Sciences Po, 2000.

_____, *Histoire de l'Algérie depuis l'indépendance(1962-1988)*, La Découverte, 2004.

_____, *Histoire de l'Algérie coloniale(1830-1954)*, La Découverte, 2004.

_____, *La gangrène et l'oubli : La mémoire de la guerre d'Algérie*, La Découverte, 2005.

Strand, Dana, "Assia Djebar's *La femme sans sépulture* as postcolonial primer", *Contemporary French and Francophone Studies*, Vol.13, No.3, 2009.

Strike, Joëlle, *Albert Memmi : autobiographie et autographie*, L'Harmattan, 2003.

Taleb, Ibrahimi Khaoula, "L'Algérie : coexistence et concurrence des langues", *L'année du Maghreb*, 2004.

Thiel, Veronika, Assia Djebar. *La polyphonie comme principe générateur de ses textes*, Praesens, 2005.

Tonnet-Lacroix, Eliane, *La littérature française et francophone de 1945 à l'an 2000*, L'Harmattan, 2003.

Turgeon, Marc, "Compte rendu de [Jacques Derrida. L'oreille de l'autre (otobiographies, transferts, traductions). Textes et debats avec Jacques Derrida, sous la direction de Claude Levesque et Christie V. McDonald. Montreal, VLB 1982]", *Philosophiques*, Vol.10, No.1, 1983.

Trudy, Agar-Mendousse, *Violence et créativité: de l'écriture algérienne au féminin*, L'Harmattan, 2006.

Verdès-Leroux, Jeannine, *Les français d'Algérie de 1830 à nos jours*, Fayard, 2001.

Viart, Dominique, Vercier, Bruno, *La littérature française au présent*, Bordas, 2008.

Walker, Muriel, "Francophonie and Globalization : writing in French in a Post-colonial World", *International Journal of the Humanities*, Vol.3, No.8, 2005-2006.

Waterman, David, "Body/Text/History: Violation of Borders in Assia Djebar's *Fantasia*", *Studies in 20th Century Literature*, Vol.22, 1998.

Woodhull, Winfred, *Transfigurations of the Maghreb, Feminism, Decolonization and Literatures*, Minnesota UP, 1993.

Yacine, Kateb, *Nedjma*, Seuil, 1956.

_____, *Le polygone étoilé*, Seuil, 1966.

_____, *Le Poète comme un boxeur, entretiens 1958-1989*, Seuil, 2011.

Young, Robert, *Colonial Desires: Hybridity in Theory, Culture and Race*, Routledge, 1995.

_____, *Postcolonialism : A Very Short Introduction*, Oxford UP, 2003.

_____, "Subjectivité et Histoire : Derrida en Algérie", *Littérature*, No.154, 2009.

김미경, 「앗시아 제바르의 『프랑스어의 실종』 연구」, 『프랑스문화예술연구』, Vol.49, 2014.

_____, 「이중언어에 관한 자크 데리다 Jacques Derrida의 고찰–『타자의 단일 언어주의 Le Monolinguisme de l'Autre』(1996)를 중심으로」, 프랑스어권 문화예술연구, No.51, 2015.

김미성, 「잊혀진 고대문자 티피나그의 궤적을 찾아서 : 앗시아 제바르의 감옥은 넓다Vaste est la prison를 중심으로」, 『유럽사회문화』, Vol.15, 2015.

_____, 「편지 그리고 탈주하는 여인들 - 앗시아 제바르의 〈사랑, 기마행진〉과 〈감옥은 넓다〉를 중심으로」, 『유럽사회문화』, Vol.19, 2017.

김용우, 「인종주의와 식민주의-알베르 멤미(Albert Memmi)의 경우」, 『프랑스사 연구』, No.31, 2014.

김지현, 「아시아 제바르(Assia Djebar) 작품에 나타난 모국어의 역할」, 『프랑스학 연구』, No.82, 2017.

_____, 「알제리 전쟁과 여성의 구술 기억 - 아시아 제바르의 『무덤 없는 여자』 연구」, 『프랑스학연구』, 88호, 2019.

_____, 「아시아 제바르(Assia Djebar), 『사랑, 기마행진 (L'Amour, la fantasia)』의 단상적 구성 연구」, 『프랑스어문교육』, Vol.66, 2019.

_____, 「탈식민주의에서 탈식민 페미니즘까지 : 이론의 쟁점과 프랑스의 수용 양상」, 『불어불문학연구』, 121집, 2020.

_____, 「튀니지 유대인의 삼중의 정체성 : 알베르 멤미(Albert Memmi)의 『소금 기둥 La statue de sel』 연구」, 『불어불문학연구』, 123집, 2020.

_____, 「알제리 내전과 여성의 몸 : 아시아 제바르의 『오랑, 죽은 언어』 연구」, 『불어불문학 연구』, 125호, 2021.

김정숙, 안화진, 「앗시아 제바르의 글쓰기 - 타인의 언어로 역사쓰기」, 『불어불문학연구』, Vol.80, 2009.

문종현, 「19세기 말 알제리 반유대주의와 시민권, -식민지 보수주의-」, 『한국서양사학회』, No.134, 2017.

이송이, 「역사와 신화 사이의 해항도시 - 압델케비르 카티비 Abdelkébir Khatibi의 『문신 새긴 기억 La Mémoire tatouée』에 나타난 대서양권 해항도시 연구」, 『프랑스 문화 연구』, No.22, 2011.

_____, 「이중언어작가 : 혼종적 정체성과 불가능한 자서전: 앗시아 제바르 Assia Djebar의 자서전 연구 -『사랑, 기마행진 L'Amour, la fantasia』, 『감옥은 넓은데 Vaste est la prison』를 중심으로」, 『비교문학』, 59, 2013.

_____, 「압델케비르 카티비 Abdelkébir Khatibi의 자서전에 나타난 이중의 글쓰기」, 『인문학 논총』, Vol.34, 2014.

진인혜, 「프랑스어 알제리 문학의 흐름과 경향 및 다문화적 특성」, 『한국프
　　　랑스학논집』, Vol.70, 2010.

＿＿＿, 「테러와 폭력에 맞선 알제리 문학」, 『불어불문학연구』, 91집, 2012.

＿＿＿, 「Assia Djebar 작품에 나타난 여성상의 변화 – 여성과 욕망」, 『불어불
　　　문학연구』, 104집, 2015.

＿＿＿, 「모로코의 범문화적 혁명의 잡지 『수플』 연구」, 『프랑스문화예술연
　　　구』, 제68집, 2019.

찾아보기

인명

ㄱ

ㄷ

ㄹ

ㅁ

ㅂ